## Jean-Guy Soumy

Jean-Guy Soumy est né en 1952 dans la Creuse et est un écrivain de l'École de Brive. Prix des Libraires en 1998 pour *La Belle Rochelaise*, il est l'auteur d'une vingtaine de romans, dont *Le Congrès* (2010), *Les Mariés du purgatoire* (2011), *Le Silence* (2013), prix des Lecteurs du *Télégramme*, *La Promesse* (2015), *Le Soldat fantôme* (2016) et *Un baiser, rien de plus* (2018), tous parus aux Éditions Robert Laffont. En 2019 paraît *Le Voyageur des Bois d'en Haut* aux Presses de la Cité, suivi en 2020 d'*Une femme juste*, chez le même éditeur.

# LE VOYAGEUR
# DES BOIS D'EN HAUT

ÉGALEMENT CHEZ POCKET

UN BAISER, RIEN DE PLUS
LE VOYAGEUR DES BOIS D'EN HAUT

JEAN-GUY SOUMY

# LE VOYAGEUR DES BOIS D'EN HAUT

PRESSES DE LA CITÉ

MIXTE
Papier issu de
sources responsables
FSC® C003309

L'éditeur de cet ouvrage s'engage dans une démarche
de certification FSC® qui contribue à la préservation
des forêts pour les générations futures.

Pour en savoir plus :
www.editis.com/engagement-rse/


ISBN 978-2-266-31796-2
Dépôt légal : juin 2021

*Pour Françoise et Olivier V.*

# LES LYONNAIS

# 1

L'aube découvre les marcheurs au milieu des bruyères. Ils sont une dizaine, tous des Bois d'en Haut ou de Gentioux. Muets, en file indienne, un solide bâton à la main. Et tout ce qu'ils possèdent tient dans un sac accroché à leur dos.

Ils vont depuis deux heures à peine et Camille est déjà perdu. Plus rien ne lui est familier. Ni les pierres, ni les arbres, pas même le ciel. Bouleversé, il songe à sa mère qu'il vient de quitter. A la ferme où il ne dormira pas ce soir. A son chien qui l'attendra en haut du chemin.

Le sentier suit une ligne de crête ouverte aux vents d'ouest et ponctuée de bergeries abandonnées. Les hommes passent, sans la regarder, devant une croix couverte de mousse, fichée au sommet d'une roche plus vieille que Dieu. Et puis la voie s'alanguit. Hésite. Pour finalement s'engager dans une combe au fond de laquelle bouillonne un torrent.

# 2

On m'appelle Camille. Mais ma mère dit Jean. Jean, c'était le prénom qu'elle avait choisi. Quand mon père est allé déclarer ma naissance à Gentioux, il a promis de faire écrire Jean sur le registre. Lorsqu'il est revenu, le lendemain matin après une nuit dans les cafés, il a dit en me désignant :

— Ce sera Camille.

Ma mère a pleuré. Ce sont les premières larmes qu'elle a versées à cause de moi.

Moi aussi, ces deux prénoms me font souffrir. Ils me fendent comme un coin. Je suis l'un et l'autre, aucun des deux complètement. Et il m'arrive de me demander, selon la manière dont on me nomme, ce qu'on attend de moi.

Cela fait quatre ans que mon père, Pierre Neuvialle, est mort à Lyon. Depuis, ma mère travaille sans relâche notre ferme trop petite pour nous nourrir. Au cours de l'hiver 58, tout semblait perdu. Nous avions vendu nos bêtes. Ma mère était sur le point d'hypothéquer notre terre. La mort dans l'âme, elle a demandé l'aide de son frère. Gerbeau a fini par prêter un peu d'argent que nous lui devons toujours.

Je n'oublierai jamais ce petit matin, lorsque, au moment de partir pour Lyon, je me suis serré dans les bras de ma mère. Dans la cour, Gerbeau et les autres attendaient en silence. Il faisait encore nuit. Le chien était à nos pieds. Nous avions une journée de marche avant d'atteindre Pontaumur où nous devions faire étape. Ma mère m'a doucement repoussé par les épaules, m'obligeant à me détacher d'elle. Nous nous sommes regardés comme si nous allions être séparés pour toujours. J'ai dû m'accrocher à l'idée que j'étais un homme pour ne pas fondre en larmes. Mais est-on vraiment un homme à seize ans ?

C'est moi, pourtant, qui depuis un an insistais pour limousiner[1]. Nous le savions bien tous les deux qu'il n'y avait pas d'autre solution pour rembourser nos dettes. Pendant des mois, ma mère s'est opposée à mon départ. Et puis le printemps, tout de pluie et de gel mêlés, a ruiné nos semailles. C'est la misère qui l'a fait céder.

Elle qui, si souvent, avait répété aux voisins : « Jean n'ira pas travailler à Lyon. Je ne me le laisserai pas voler comme Pierre. »

Ma mère pense que la mort est une voleuse.

---

1. Migration saisonnière de paysans, essentiellement creusois, s'employant comme maçons un peu partout en France. L'haussmannisation des grandes villes au XIXe siècle a marqué l'apogée de ce phénomène migratoire.

# 3

A la sortie de Pontaumur, le temps vire au froid. Au pied du col de la Moréno les marcheurs luttent contre un vent violent qui balaye la montagne. Des giboulées de cristaux glacés lacèrent les visages, détrempent les vestes. La lumière cède à une obscurité laiteuse. Seul le cadencement des bâtons et des brodequins heurtant les cailloux les rattache au sentiment d'exister.

Dans l'après-midi, ils arrivent sur les hauteurs qui dominent Clermont-Ferrand. Il fait soleil. Camille n'en croit pas ses yeux. Une ville immense, comme il n'en a jamais imaginé, s'étale dans la plaine au pied des volcans. Tel un oiseau dans le ciel, il peut en voir les détails, la place Jaude, les flèches noires de Notre-Dame-de-l'Assomption, le maillage des ruelles…

Cette nuit-là, ils dorment dans une auberge perdue dans les faubourgs.

# 4

Ce n'est pas mon oncle qui devrait être à mon côté sur le chemin de Lyon, c'est mon père. On dit que je lui ressemble, que j'ai ses yeux. Derrière ces paroles, j'entends la malveillance. Oui, mon père était imprévisible, dépensier, désinvolte. Né dans une famille d'agriculteurs aisés de La Nouaille, il avait très tôt rompu avec les siens. Ma mère m'a dit l'avoir aimé dès leur première rencontre.

Je me souviens du jour où Gerbeau nous a annoncé sa disparition. C'était il y a quatre ans. J'allais avoir douze ans.

Comme à chaque fin d'automne, les maçons rentraient par vagues. « Les Lyonnais », on les appelle ainsi au Bois d'en Haut, arrivaient toujours par la route de Gentioux. Je les attendais dans une petite châtaigneraie à la sortie du village. Je me calais dans le creux d'un arbre dont le tronc ne tenait plus que par l'écorce. Accroupi, je guettais.

Lorsque, au milieu des marcheurs, je reconnaissais la silhouette de mon père, je sortais comme un diable du châtaignier et courais à son devant. Les autres s'arrêtaient, s'esclaffaient. Lui, posait son sac, sa canne. C'était un homme aux gestes amples. Un grand sourire illuminait son visage. Il balançait son chapeau, et m'attrapait au vol dans ses bras, m'embrassait en s'exclamant : « Camille, mon ange, mon ange de là-haut ! »

Cette année-là, un premier groupe de maçons est arrivé. Les hommes me dirent que mon oncle Gerbeau suivait à un jour de marche.

— Et mon père ? Il est avec eux, mon père ?

Celui qui menait m'a répondu que c'était possible, mais qu'il ne pouvait en jurer. Les autres baissaient la tête. De ça, je ne m'en suis souvenu que plus tard.

Je suis retourné dans mon châtaignier. Une odeur de moisissure et d'humus recouvrait mes épaules dans ce ventre d'arbre mort.

C'est à ce moment-là que j'ai compris.

Le lendemain, Gerbeau est venu frapper à notre porte. Je revois mon oncle, sur le seuil de la maison. Gêné, le visage fermé, il a fini par dire :

— Le Rhône a emporté ton mari, ma sœur.

Il faisait froid dans la salle commune. Mais un bien plus grand froid nous a pénétrés à cœur.

— Emporté ? Comment ça, emporté ?

Je n'avais jamais entendu cette voix à ma mère. Je me suis accroché à sa taille.

— La crue… Comme il n'y en a qu'une par siècle. En une nuit, elle a tout balayé. Il y a eu des morts, Marie. L'empereur est venu.

— Et toi ? Toi, la crue elle ne t'a pas emporté ?

— Non, Marie. Pas moi.

— Et pourquoi ? Je croyais que vous étiez tous les deux dans la même chambrée, rue Thomassin, où j'écrivais à Pierre.

— Cette nuit-là, Pierre n'était pas avec nous. Il dormait à la Guillotière, sur la rive gauche. Le quartier le plus touché.

— L'as-tu au moins mis en terre dignement ? Dis-moi. Je sais que tu ne l'aimais pas beaucoup mais lui as-tu payé une messe ?

Gerbeau a secoué la tête.

— Où est-il ? s'est écriée ma mère.

— Son corps n'a pas été retrouvé, Marie. Seulement une de ses chaussures et un pantalon, celui avec lequel il était parti en mars, tu dois te souvenir. Une chemise aussi. Eparpillés sur la berge, dans la vase quand les eaux ont regagné leur lit. Je les ai reconnus.

— Mais lui ?

— Le Rhône l'a enlevé… C'est un fleuve terrible. Il n'existe rien ici, Marie, qui puisse lui être comparé. Aucun obstacle ne lui résiste. La digue du bois de la Tête d'Or qui a cédé, elle était faite pour durer cent ans.

— Tu as récupéré ses outils ?

— Ce que j'ai pu. Mais il devait trois mois à sa logeuse. Des ardoises un peu partout. Tu sais comme il était, Pierre.

— Tais-toi !

— Ça a à peine fait le compte.

Je n'oublierai jamais les jours qui ont suivi. Ma mère et moi nous ne pouvions plus nous parler, nous regarder. Nous nous frôlions comme deux fantômes. Au début, les voisins sont venus nous dire leur tristesse.

Ils jetaient un coup d'œil sur moi, histoire de vérifier si j'étais prêt à prendre la relève. Ma mère s'en rendait compte et m'agrippait par les épaules. Puis, les visites se sont espacées. Notre ferme est à l'écart du village, et bientôt il se trouva peu de monde pour emprunter le chemin qui monte chez nous. Nous ne sommes allés à aucune des veillées cette année-là. Ni les années qui ont suivi. Le malheur, c'est comme le choléra. Il s'attrape aisément.

# 5

Camille ne dort pas. Il est épuisé. Les pieds en sang, il n'a pas sommeil. Les plaintes, les quintes de toux, l'odeur âcre des corps suant dans les vêtements trempés, il n'y prête déjà plus attention. Quatre jours sur la route et il est prêt à dormir n'importe où. A manger n'importe quoi. Par la fenêtre de la chambrée, il entend le roulement d'une rivière. Et cela lui suffit pour s'échapper sur le Plateau, vers la ferme des Bois d'en Haut.

Comme il aimerait saisir la main de sa mère dans le noir.

Ce matin, après Noirétable, la troupe s'est dispersée. Une dizaine de maçons a bifurqué vers Saint-Etienne, d'autres ont poursuivi par Roanne et la Bourgogne. Le reste a continué sur Lyon. Séparations sans presque une parole, quelques poignées de main, des regards. Camille avait beau savoir que les paysans de son village arpentaient le monde, il n'imaginait pas que ce fût avec cette fluidité.

Demain, avec Gerbeau et ses compagnons, Camille entrera dans les faubourgs de Lyon. L'inquiétude le ronge. Il va atteindre l'extrémité du sentier qui part de la cour de sa ferme. Voir enfin de ses propres yeux ce que les autres ont découvert avant lui. Donner un sens à des noms qu'il entend depuis l'enfance auxquels il a fini par trouver une familiarité teintée de mystère : la rue Impériale, la Presqu'île, la Guillotière, la Croix-Rousse…

Là où s'est abîmé son père.

## 6

Malgré tout ce que nous avions appris sur les ravages causés par la crue centennale à Lyon, une idée nous obsédait ma mère et moi. Puisque aucun vivant ne lui avait fermé les yeux, mon père n'était peut-être pas mort. Cette pensée, que nous n'exprimions jamais, nous causait beaucoup de souffrance. Elle nous empêchait de recoudre notre peine et de l'ensevelir.

Ce sont mes deux prénoms, finalement, qui m'ont aidé à surmonter ma douleur. Aux Bois d'en Haut tout le monde connaissait leur histoire. Les femmes étaient généralement du côté de ma mère. Elles considéraient mon père comme un homme inexcusable d'avoir renié une promesse sacrée. Jean était en effet le prénom du père de ma mère, décédé peu après son mariage. Les mauvaises langues prétendaient qu'il était mort de chagrin à l'idée que sa fille épouse Pierre Neuvialle. Aussi, la plupart des voisines des Bois d'en Haut m'appelaient Jean. Et cela même en présence de mon père.

Après le drame, quand elles me croisaient, les femmes du village, toutes sans exception, se mirent à dire : « Bonjour, Jean. Comment ça va ? »

Il n'y avait plus de malice dans leur voix. Je crois qu'elles avaient définitivement pris le parti de ma mère. Elles témoignaient ainsi qu'elles avaient enterré Pierre Neuvialle, cet homme qui avait fait défaut à son épouse jusque dans sa manière de mourir. C'est ainsi que les choses se sont passées. Et lorsque j'ai pris conscience d'avoir perdu mon prénom officiel, celui qui est écrit sur mon passeport de l'intérieur, j'ai enfin admis que mon père n'était plus.

Mais les choses ne sont pas aussi simples. Les hommes qui ont limousiné avec lui continuent à m'appeler Camille. Ils ont, pour certains, assisté à la scène de nos retrouvailles lorsque je bondissais hors du châtaignier. Et ont gardé en mémoire la phrase, toujours la même, qu'il prononçait en me soulevant dans ses bras : « Camille, mon ange, mon ange de là-haut ! »

C'est pourquoi, depuis le matin où je suis parti avec Gerbeau et les autres sur la route de Lyon, je ne m'appelle plus Jean. Pour tous les limousinants, je suis Camille, le fils de Pierre.

C'est ainsi au pays des hommes.

Au pays de mon père.

# 7

Ils ne sont plus que six à franchir la passerelle Saint-Georges qui enjambe la Saône et dessert la Presqu'île. Depuis qu'ils ont quitté la route de Bordeaux, la « route des maçons », et qu'ils approchent du centre, Camille marche dans les pas de son oncle. Terrifié à l'idée de se perdre.

Le groupe est au cœur d'un chantier gigantesque. Si l'avenue Impériale est achevée depuis un an, avec son Palais du Commerce, ses banques, ses hôtels et ses grands magasins, c'est à présent le percement de la rue de l'Impératrice, de la place Bellecour jusqu'au quartier des Terreaux, et la démolition de toutes les ruelles pouilleuses qui l'encerclent, qui débutent. Les rues Raisin, Jean-de-Tournes, de la Poulaillerie, Grenette subissent les dures lois de l'alignement. Les démolisseurs sont à l'ouvrage. Plus aucun immeuble en pisé de terre ne doit subsister sur la Presqu'île.

Des perspectives de façades bourgeoises s'alignent dans une géométrie exaltant la toute-puissance de l'argent. Mais rien n'est encore terminé. Charrois de pierres, forêts d'échafaudages, blocs hissés par des engins de levage, échelles dressées sur lesquelles courent les manœuvres, rues livrées aux paveurs, rien ne semble devoir arrêter la volonté du préfet Vaïsse.

Enfin le 10, rue Thomassin. Gerbeau et ses compagnons sont soucieux à l'idée que la *gourgande,* qui tient le garni au cœur des démolitions, ait reçu un bulletin d'expulsion. Aussi voient-ils avec soulagement que l'épicerie du rez-de-chaussée est toujours ouverte.

— Vous voilà enfin, mes pays ! s'écrie Edmonde Nony. On vous attendait. Quelles nouvelles de la Profondeur[1] ?

Edmonde est une forte femme aux cheveux gris en chignon. Née à Royère, elle est mariée depuis trente-cinq ans à Marcel, un maçon de Gentioux. Elle est maîtresse du garni de la rue Thomassin depuis vingt-huit ans.

Se tournant vers Camille, elle ajoute :

— Ce joli cœur que tu m'amènes, Gerbeau ! Où l'as-tu déniché ?

— Tu as connu son père.

— J'ai connu son père ? Laisse-moi deviner ! Un bel homme sûrement.

Camille rougit.

— Ce n'est pas bien de te moquer de lui.

— Mais enfin ! Je ne me moque pas de lui.

— Allons, ne cherche plus. Pierre Neuvialle. C'était son père.

1. Nom que les limousinants donnaient parfois au département de la Creuse.

Edmonde Nony s'approche alors de Camille.

— Ah ! Mon pauvre petit, dit-elle en le pressant contre son énorme poitrine.

# 8

C'est son premier matin à Lyon. Cinq heures et demie, il fait nuit. Camille titube de sommeil. Dans la cuisine, Edmonde coupe du pain pour son mari qui va conduire Gerbeau et les autres sur un chantier à la Guillotière.

La veille, la question du loyer a été vite entendue. Gerbeau a négocié sept francs par mois, ce qui représente trois à quatre jours de travail d'un manœuvre comme Camille. Pour cette somme, Edmonde propose une paillasse qu'il partage avec son oncle. Elle trempe la soupe chaque soir. Et lave un pantalon, une chemise, une paire de chaussettes et un mouchoir par semaine.

Le ventre noué, Camille ne parle pas. Lyon a mauvaise réputation. Le danger est partout sur les chantiers. Les maisons sont plus hautes qu'à Paris. A la Croix-Rousse, pour recevoir les métiers à tisser, les étages ont quatre mètres sous plafond. A cause des pentes, les immeubles atteignent parfois sept niveaux, sans échafaudages pour des raisons d'économie. Mais le plus dur, c'est le pisé, mélange de mâchefer et de chaux grasse qu'il faut hisser à l'épaule par des échelles branlantes.

Lorsqu'elle voit Camille descendre de la chambrée, Edmonde lui fait signe.

— Comment on dort à Lyon ? Ça te change des Bois d'en Haut, j'imagine.

Intimidé, Camille ne sait que répondre.

— Viens, dit-elle.

Elle l'entraîne dans une pièce sans fenêtre qui tient lieu de cuisine. Dans un coin, une casserole de café vibre sur la plaque d'un réchaud.

— Tu ne vas pas commencer ta journée le ventre vide.

Elle lui tend un grand bol en terre cuite.

Et le regarde boire.

Gerbeau donne le signal du départ. Ses truelles de cuivre, un marteau, un plomb sont rassemblés dans un sac qu'il jette à l'épaule. Camille s'est vu confier par Marcel un *oiseau*, sorte de bac en bois massif muni de deux manches, qui se place tel un joug sur la nuque pour monter le mortier et les pierres.

Six heures. Dans la Presqu'île, le travail bat son plein rue de l'Impératrice et aux abords de la gare Perrache à peine achevée. Des équipes se sont activées toute la nuit à la lueur de projecteurs. Toute son enfance, Camille a entendu parler de la démesure des projets d'Haussmann et du préfet Marius Vaïsse. Mais les paroles ont rarement la force de la réalité.

Au pont de la Guillotière, Camille découvre le fleuve qui a enlevé son père. Il s'arrête. Pose les mains sur le parapet. Il ne peut quitter des yeux les remous gonflés par la fonte de printemps. Il s'imagine tombant dans l'eau glacée. Le froid s'immisce sous ses vêtements, l'air manque. Une force s'enroule autour de ses jambes et l'attire vers le fond.

Il lève les yeux vers le lointain. Le corps insaisissable de son père se trouve quelque part, là-bas. Au sud. Peut-être dans la vase d'une roselière, le visage tourné vers le ciel. Ou prisonnier de racines noires sous une berge minée par le courant. Là où son fils ne pourra jamais le retrouver. Où il n'existe aucune tombe sur laquelle prier pour sa mémoire.

— Allez, viens ! dit Gerbeau en lui donnant une tape sur l'épaule.

Le Rhône franchi, ils pénètrent dans le vieux faubourg de la Guillotière. Des remises, des ateliers adossés les uns aux autres, des taudis flanqués de jardins maraîchers, bordent des immeubles en pierre de Villebois et à balcons en volutes. Au niveau de la place du Pont, les hommes tournent à l'angle de la rue Moncey. Au long des trottoirs, se succèdent des boutiques d'artisans : chapeliers, ferblantiers, peintres d'ornement, menuisiers… Mais derrière cette ligne de façades, ce sont des marchands de peaux en vert[1], des tripiers, des tanneurs, des corroyeurs, tous expulsés de la Presqu'île, qui se sont réfugiés au fond de ruelles fangeuses. Plus enfouies encore, des écuries insalubres, des fabriques de produits chimiques, des usines incertaines. Et, partout, des garnis à la semaine ou au mois, des salles de bal, des cabarets… Les filles qui vont avec.

---

1. Peau fraîchement retirée du corps de l'animal avant qu'elle ne subisse les différents traitements de sa transformation en cuir.

Les décombres d'immeubles balayés par la grande crue de 1856 trouent encore cette esquisse d'arrondissement. Des maisons bâties en pisé, il ne reste que des enchevêtrements de charpentes fichés dans des amoncellements de terre crue. Pas même des ruines. Comme si ces bâtisses construites à l'économie, dont seul le soubassement était en pierre, étaient retournées à leur état naturel de remblai.

Les voilà enfin rue Duphot devant un immeuble en construction. Des limousins sont déjà là, en cercle autour d'un feu. C'est une habitation de quatre étages dont il ne reste plus à élever que le dernier niveau et les pignons. Marcel, pour le compte d'un entrepreneur originaire d'Auzance, a la responsabilité du chantier. Gerbeau et ses compagnons serrent des mains, échangent quelques mots.

Camille reste à l'écart, les yeux tirés vers la cime des échelles qui disparaissent dans l'ocre du jour qui se lève.

## 9

— Tu fais comme les autres *goujats*. Prends ce sac et mets-le sur la tête et les épaules pour te protéger. Tu charges le mâchefer dans ce panier en osier. Cette échelle pour monter. L'autre pour descendre. Tu n'as que ça à faire.

Camille acquiesce. Gerbeau ne s'attarde pas et grimpe à son poste. Une dizaine d'autres manœuvres galopent déjà dans les étages. C'est une course incessante qui fait vibrer les deux échelles et trépider la volée de planches qui permet de passer de l'une à l'autre.

Une fois le panier rempli de pisé, Camille le hisse sur l'épaule. Derrière lui, un gamin attend déjà.

— Plus vite !

D'une voix où perce l'enfance.

Tout là-haut les maçons s'impatientent.

— Alors, ça vient ?

Camille agrippe un barreau. L'équilibre est difficile à trouver. Trop en arrière et la charge entraîne le corps. Trop en avant, le mâchefer coule sur la nuque et dans le dos. Camille grimpe. Difficilement. Maladroitement. Evitant de regarder à ses pieds, huit mètres en contrebas.

Gerbeau l'attend, debout entre les planches de coffrage, là où le mâchefer doit être déversé.

— Ici ! Dépêche-toi !

A peine Camille a-t-il vidé la corbeille que Gerbeau dame la couche de pisé à l'aide d'un pilon.

Camille s'avance sur le plancher mal voligé accroché au-dessus du vide. Il est agile et délié, Camille. Dénicheur de nids dans les cimes des Bois d'en Haut. Pourtant les quelques mètres qui le séparent des montants de l'échelle descendante lui paraissent infranchissables.

— Qu'est ce que tu attends ? crie Marcel d'en bas.

Camille s'empare d'un barreau et s'engage. Derrière lui, le goujat qui a déjà déposé sa charge, l'a rattrapé et dégringole les échelons, les souliers posés sur ses épaules.

Monter, descendre sans relâche. Son cœur bat à rompre. Camille n'en est qu'à ses premières escalades et déjà il n'en peut plus. Son dos est couvert de pisé renversé par maladresse et qui a bien vite traversé le sac censé le protéger. Le mélange de mâchefer et de chaux lui brûle la nuque. S'il ne se montre pas plus habile, ce soir sa peau s'en ira par lambeaux. Au cours de la dernière ascension, un voile noir est passé devant ses yeux. Il s'est accroché de toutes ses forces à l'échelon qu'il tenait, ne sachant plus si sa main serrait ou relâchait le barreau de bois. Il a eu peur. Peur que les autres voient sa faiblesse. Personne n'a rien dit. Le vertige est passé.

Sept heures du soir. Les maçons rassemblent les outils que les manœuvres vont laver. L'immeuble n'est plus qu'une carcasse aveugle gagnée par l'obscurité. De part et d'autre des rues alentour, éventrées par les travaux d'un tout-à-l'égout, des jardins et leurs cabanes maraîchères. Une vieille femme pousse une barrière en tenant une chèvre par une corde. Au loin, derrière une haie, une machine à vapeur souffle derrière les murs d'une fabrique. Des fenêtres chichement éclairées percent çà et là l'obscurité qui gagne. Le clocher d'une église pointe dans le ciel crépusculaire.

Avec la nuit, un vent frais venu du fleuve s'est levé. La sueur qui colle la chemise de Camille enveloppe sa poitrine d'un suaire glacé qui n'apaise pas les brûlures de son dos. Nauséeux, il voudrait rentrer, retrouver le garni d'Edmonde, la chambrée et son peu d'intimité. S'effondrer sur la paillasse et dormir.

Dormir.

Camille attend Gerbeau qui discute avec Marcel et deux autres maçons lorsqu'il voit venir vers lui un garçon de son âge, au corps noueux et au visage blême d'enfant teigneux. Pendant la journée, Camille a remarqué avec quelle vitesse il grimpait dans les échafaudages, son habileté à ne pas renverser sa charge.

Planté devant Camille, il lui dit :

— Alors c'est toi, le fils du Pierre des Bois d'en Haut ?

# 10

Un mois déjà. Mon premier jour sur le chantier de la rue Duphot paraît si loin. Et tant d'autres choses encore. Lorsque Edmonde m'a vu rentrer avec Gerbeau, j'ai compris dans son regard combien j'avais changé. Le matin, un jeune paysan timide quittait son garni, inquiet à l'idée de ce qui l'attendait. Elle le retrouvait le soir, démoli par une journée de travail, le visage mangé de fatigue, les yeux ternis par cette sorte d'épuisement qui ressemble à de la tristesse.

Lorsqu'elle a découvert l'état de mes épaules et de ma nuque, elle a poussé des hauts cris qui ont fait sourire les hommes.

— C'est le métier qui rentre, a dit Marcel.

— On est tous passés par là, a renchéri Gerbeau. Tu ne voudrais pas qu'il y coupe ?

— Tu t'attendris, la mère…

Edmonde est allée chercher un bocal au fond de sa cuisine.

— Pose ta chemise.

Devant les autres, elle a frictionné doucement ma peau brûlée. Cela me faisait du bien. J'avais honte.

— Millepertuis, lavande, cire d'abeille… Tu verras, ta douleur va partir.

Il en faudrait beaucoup, Edmonde, de ton baume pour calmer ma douleur. Et aussi des caresses de tes vieux doigts usés par le travail sur ma peau à vif.

Le chantier de la rue Duphot a duré deux semaines au cours desquelles, onze heures par jour, j'ai grimpé et dévalé des échelles, le panier d'osier rempli à ras bord de mâchefer sur les épaules. J'ai appris à prendre mon souffle au moment de l'effort. Mes pieds ont trouvé les barreaux sans que j'aie plus à les surveiller. Maintenant, je funambule sur les planches au-dessus du vide. Le coup de reins pour hisser l'oiseau, ça a été plus long.

Après la rue Duphot, nous sommes allés sur un chantier de maçonnerie correctement échafaudé. C'est un immeuble dans la Presqu'île, près de l'église Saint-Nizier, avec escalier et encadrements dans ce beau calcaire gris de Couzon. Certes, les entablements montés à l'épaule font craquer les barreaux de l'échelle. Et les os de mes épaules aussi. Mais je préfère agripper des linteaux plutôt que sentir la masse visqueuse, toujours prête à déborder du panier de mâchefer qui écrase la nuque. Au moins, ma main cramponne un angle.

La question que m'a posée le goujat, au soir du premier jour, je l'ai toujours sur le cœur. Sur le moment, je n'ai rien su lui dire. Et le lendemain, alors que je voulais lui demander des explications, il ne s'est pas présenté à l'embauche. Je ne l'ai pas revu et je ne sais pas son nom.

Je ne peux oublier que mon père a limousiné à Lyon pendant dix-huit ans, neuf mois par an. Depuis que je suis né, il a vécu dans cette ville plus longtemps qu'aux Bois d'en Haut. Son regard a vu ce que je vois maintenant. Ses souliers se sont posés où se posent mes pas. Je vais au long de rues qu'il a arpentées. Chaque fois que je franchis le pont de la Guillotière, je pense à lui. L'autre jour, en traversant Bellecour, je me suis souvenu qu'il me disait aimer flâner là les dimanches après-midi. Je me suis arrêté et j'ai regardé les passants.

# 11

— C’est là. Tu vois, il ne reste rien. L’immeuble en pisé de terre a été emporté.

Gerbeau s’est arrêté devant un terrain en friche.

— Ils vont bientôt reconstruire la rue. Les tranchées sont déjà creusées pour la voirie et les égouts.

Camille ne peut s’abstraire du vide qu’il a devant les yeux. Deux mois qu’il voulait demander à son oncle de le conduire là où se trouvait son père au moment de sa mort. La question lui brûlait les lèvres. Chaque matin il se disait : « Ce soir je lui demande. Je veux voir l’endroit où il a passé ses dernières heures. La berge où ont été retrouvées ses affaires. Je veux voir de mes yeux. »

Bien sûr, Gerbeau avait deviné. Mais Gerbeau ne disait rien. Camille savait que son oncle et son père ne s’aimaient pas. Pour des histoires liées au travail, au mariage avec Marie contre l’avis de sa famille… Et d’autres raisons, peut-être, qui lui échappaient. Aussi, il avait été surpris que Gerbeau ne le rembarre pas.

— Si tu veux. Dimanche, nous irons tous les deux.

C'est un quartier pouilleux de la Guillotière aux berges encore ensauvagées. Il est facile de comprendre que la vague déferlant depuis le barrage rompu de la Tête d'Or ait frappé cette zone exposée.

— Ses vêtements étaient là-bas... La chaussure un peu plus loin.

— C'est vous qui les avez trouvés ?

— Oui. Au lendemain de la crue, je me suis inquiété. Je savais que ton père avait dormi à cette adresse. Lorsque les eaux ont commencé à se retirer je suis venu à sa recherche. Des milliers de gens ont tout perdu. C'était terrible à voir.

Gerbeau hésite. Il regarde le Rhône.

— Camille, je ne vais pas te mentir. Avec ton père, on n'était pas du même bois. Moi, je suis économe. Tu as vu, je compte mes sous pour les rapporter à ta tante. Chaque fois que je peux acheter une terre au pays, je le fais. Je pense au lendemain. Ton père, c'était...

Gerbeau cherche ses mots.

— Ton père, c'était un homme qui ne raisonnait pas comme nous. Il était partout chez lui, partout à l'aise. Sachant s'y prendre. Moi, je vois bien qu'ici nous sommes des étrangers et que nous le serons toujours. Regarde comme les Lyonnais nous traitent. Pour eux, on est pareil que ceux-là...

D'un coup de menton, Gerbeau indique des Piémontais qui prennent le soleil sur les marches de maisons voisines.

— Pas plus considérés qu'eux, tu entends ? Je te dirais que je m'en fous. Moi, je suis des Bois d'en Haut. La seule chose qui compte, c'est ce que je rapporte à la maison à la fin de la campagne. Tandis que ton père, à la Guillotière il était chez lui. Aux Bois d'en Haut, il était chez lui. Il écornait sa campagne dans les cafés. Il avait beaucoup d'amis. Trop, à mon idée. Tiens, des Italiens justement !

« Mais attention, Camille ! Pierre était un ouvrier exceptionnel. Il avait de l'or dans les mains. C'est ça qui me faisait enrager. Taille, maçonnerie, plâtre, il tâtait de tout. Et même lire des plans. Si tu pouvais voir son travail dans le cloître de la Visitation Sainte-Marie… Les grandes baies du chœur des religieuses, c'est magnifique.

« Sais-tu ce qu'il aimait par-dessus tout ?

— Non.

— Monter des murs de pierres sèches. Pierre, c'est ça qu'il préférait. Ne me demande pas pourquoi.

— Peut-être que ça lui rappelait chez nous…

— Je lui en voulais de gâcher ses dons. Il avait tout pour réussir, devenir entrepreneur comme d'autres qui étaient moins malins que lui et qui ont réussi. Ta mère aurait pu avoir une vie meilleure. Elle méritait mieux.

Gerbeau marque une pause.

— Là-bas, sur la berge. Dans la vase… Sa chaussure, murmure-t-il. Le pied gauche.

# 12

Les hommes se sont levés de table. La douceur des premiers jours de mai pénètre le garni par les fenêtres restées ouvertes sur la rue Thomassin. En face, des feuillages tendres surplombent les murs d'un jardin. Le père mariste Dagier, de l'Œuvre des maçons de Lyon, est monté au premier s'entretenir avec les deux seuls limousins de la chambrée qui assistent aux messes dominicales. Gerbeau, Marcel et les autres se sont installés sur des chaises placées sur le trottoir. Malgré la fatigue, personne n'a envie de se coucher.

Dans le réduit qui sert de cantine, Camille est resté avec Edmonde. Il a quelque chose d'important à lui confier. Ce matin, à l'embauche, le chef de chantier l'a fait appeler. Ayant appris qu'il savait lire, écrire et compter, il lui a demandé de tenir le relevé des approvisionnements en pierres et celui des déblaiements des terrassiers. Toute la journée, Camille s'est livré au contrôle scrupuleux des chariots. A son retour, le maître maçon s'est montré satisfait.

— Compter fatigue moins que monter à l'échelle avec l'oiseau sur le dos, dit Edmonde avec malice.

Camille boit à petites gorgées un verre d'eau dans lequel flottent quelques grains de mélisse.

— Tu aimes ?

— Oui.

Soudain, Edmonde dit :

— Ton père a commencé comme ça aussi. Sur certains chantiers, il tenait les registres. Et puis, un jour, on s'est aperçu qu'il savait lire les plans. S'il avait voulu…

En même temps qu'elle parle, Edmonde comprend qu'elle a eu tort. Elle s'était promis de ne jamais évoquer Pierre Neuvialle devant son fils. Trop de chagrin, trop de silences.

— Je sais. Gerbeau me l'a dit, dimanche. Il m'a conduit à l'endroit où mon père se trouvait quand la crue…

Edmonde pince les lèvres. Elle vient de raviver sottement la douleur de Camille.

— Mon père était allé régulièrement à l'école et pas seulement l'hiver. Sa famille était aisée, dit Camille avec une pointe de fierté.

— Ça se voyait. Il le portait sur lui.

— Dis-moi, Edmonde. Comment il était ici ?

— Qu'est-ce que tu veux dire ?

— Oui, ici, dans la chambrée, le dimanche, les soirs, comment il était ? Il aimait te parler comme moi ?

Edmonde sourit.

— J'étais trop vieille pour qu'il aime me parler… Mais non ! Je plaisante. On s'entendait très bien même si on n'était pas d'accord sur tout.

— Il y a quelque chose que je ne comprends pas, Edmonde.

— Quoi donc, mon petit ?

— Pourquoi il dormait à la Guillotière cette nuit-là ? Pourquoi il n'était pas ici avec Gerbeau ? Il serait encore vivant.

— Il est mort, Camille. Ton père est mort. Tout le monde sait ça. Ça ne sert à rien de remuer le passé.

Camille réfléchit.

— Je voudrais comprendre comment les choses sont arrivées. J'en ai besoin, la mère.

Le père Dagier redescend l'escalier raide qui dessert la chambrée. Edmonde se lève et va à son devant.

— Avez-vous dîné, mon père ? Il me reste...

— Je te remercie, ma fille. Mais j'ai d'autres maçons à voir ce soir. Les jours rallongent et c'est le meilleur moment pour parler avec eux. Une autre fois.

Le curé se tourne vers Camille.

— Alors, c'est toi, Camille ?

— Oui, monsieur le curé.

Le prêtre s'attarde sur le trottoir, bavarde avec Marcel et les autres restés assis sur leur chaise. Il s'inquiète de leur travail, des blessés récemment transportés à l'Hôtel-Dieu. Aucun des limousinants ne pratique. Mais ils respectent ce curé qui leur parle avec des mots simples. Il est l'un des rares dans cette ville qui ne les considère pas comme des barbares de l'intérieur.

Camille interroge Edmonde du regard. Il attend sa réponse.

— C'est à Gerbeau de te le dire. Ce n'est pas à moi, Camille.

— Me dire quoi ?

Edmonde froisse ses mains. Elle avait beau savoir que cela arriverait, elle n'avait pas imaginé que ce serait aussi difficile.

— Ton père n'habitait pas ici, Camille.

— Mais…

— Depuis des années.

— Ma mère lui écrivait et les lettres étaient adressées rue Thomassin. Je le sais, je les ai vues !

— Il passait de temps en temps. Quand il y avait une lettre, je la lui gardais.

Edmonde voudrait effacer la déception qu'elle lit sur le visage de Camille.

— Tiens ! Il s'asseyait là où tu es. Sur cette chaise. Il venait toujours quand les autres n'étaient pas là. Il savait s'y prendre, le gaillard. Il me demandait s'il me restait de cette vieille prune qu'il aimait. Il me faisait rire. Il était comme ça, Pierre. Il pouvait être triste, ça oui ! Mais il ne le montrait jamais.

— Est-ce qu'il te parlait… ?

— Est-ce qu'il me parlait de toi ? Oui ! Bien sûr ! Chaque fois qu'il venait, il avait un mot sur toi. Camille par-ci, Camille par-là. Le soir où tu es arrivé, je te connaissais déjà depuis longtemps.

## 13

Le lendemain, après le souper, Gerbeau me dit :

— Viens, on va marcher.

Nous prenons la direction des quais par de vieilles ruelles pavées en têtes de chats[1].

— Que veux-tu savoir ? me demande-t-il.

C'est simple. Je voudrais tout savoir. Aux Bois d'en Haut, ma mère et moi pensions que le garni de la rue Thomassin était un refuge. Nous étions rassurés. Nous nous disions : « Il n'est pas tout seul. S'il lui arrive quelque chose, les autres sont là. » Pendant des années, nous avons cru à ce mensonge.

— Pourquoi mon père ne vivait pas avec vous, ici ?

Nous sommes rive droite, sur les quais de l'Hôpital. Notre attention est captée par le fleuve. Sur l'autre berge, on aperçoit les deux ports de part et d'autre du pont. Et en aval, les immeubles en front de Rhône, hauts de cinq étages. Au nord, derrière un rideau de peupliers, fument des cheminées d'usine.

1. Pavages en galets dragués dans la Saône et le Rhône.

— Ton père était un homme indépendant, Camille. On est arrivés à Lyon, il y a vingt-cinq ans, on était jeunes. Comme tu le sais, entre nous deux, ça n'allait pas. Ton grand-père maternel, mon père, venait de mourir…

« Et puis, il y a eu des embrouilles. Pour des histoires de travail, on s'est foutu sur la gueule. Pierre a claqué la porte de la rue Thomassin. Personne n'a pleuré. Si ! Edmonde était malheureuse. Peu après, on a appris qu'il avait loué une chambre à la Guillotière. En face… là où je t'ai conduit un dimanche. Il ne supportait plus le garni. Il n'était pas fait pour cette vie.

— Vous vous voyiez de temps en temps ?

— Bien sûr ! Lyon n'est pas si grand. On a souvent travaillé ensemble sur des chantiers. Pour l'hôtel de ville, on était sur les mêmes échafaudages. Nous nous étions dit une bonne fois pour toutes ce que nous avions sur le cœur. C'était du passé. On était en famille tout de même ! Avec le temps, Camille, tout passe.

— Et ma mère ?

— On en a discuté avec ton père. On est tombés d'accord. On a décidé de ne rien lui dire. Elle était rassurée de nous savoir ensemble. Qu'est-ce que ça changeait ? Après tout, on n'était pas si loin. Un fleuve à traverser. C'est ça qu'on a pensé et on s'y est tenu.

— Les retours aux Bois d'en Haut ?

— On s'arrangeait pour partir en même temps.

— Alors, vous nous avez menti.

Gerbeau a haussé les épaules.

— Pour votre bien.

Il fait nuit lorsque nous rentrons au garni. Dans la petite pièce qui tient lieu d'épicerie, Marcel lit un numéro ancien du *Salut public*. Edmonde fait les comptes de la journée. Au moment où je saisis la rampe de l'escalier, elle me jette un regard malheureux auquel je ne réponds pas.

Depuis, plus rien n'est à sa place rue Thomassin. Je croyais que mon père avait vécu des années entre ces murs. Certaines nuits, j'avais l'illusion de sentir sa présence. Et, tout à coup, je me retrouve dans le décor d'une fable.

Les jours suivants, je fais en sorte de servir d'autres maçons que Gerbeau. Que m'importe qu'ils soient plus impatients, plus brutaux. Mon oncle est blessé mais il ne me réclame pas.

Trois mois à monter des blocs de pierre et des auges de ciment dans les échafaudages, de la viande deux fois par jour dans mon assiette, ont arrondi mes épaules. Dans la rue, je ne baisse plus les yeux. Je n'ai que seize ans mais cela ne se voit plus. En quelques semaines, je suis devenu un autre.

Ni Jean, ni Camille.

Un autre.

# 14

Le chef de chantier de l'immeuble près de l'église de Saint-Nizier s'était souvenu de la manière dont Camille avait tenu le registre des approvisionnements. Aussi, un matin, lui avait-il proposé d'aller contrôler les arrivages de matériaux au port de la Guillotière. Trop heureux d'échapper à une tâche éreintante, Camille avait accepté.

Depuis trois semaines, Camille réceptionne les livraisons en pierres de Faye ou de Villebois. Il contrôle les escaliers, les encadrements, les dallages livrés par les bardeurs, vérifie les cotes. Il se montre rigoureux et précis. Ce travail qui sollicite son attention lui fait oublier sa colère.

Le soir, lorsqu'il peut, il se rend sur l'emplacement de l'immeuble disparu devant lequel Gerbeau l'a conduit un dimanche. Il rêvasse en regardant le fleuve et la Presqu'île sur la rive d'en face, convaincu, cette fois, que son père les a contemplés sous cet angle. Et cette idée l'apaise.

Des plâtriers-peintres piémontais, qui habitent dans des masures attenantes, le voyant régulièrement traîner là, viennent à lui. Comme les limousinants, au printemps, ils partent à pied de leurs villages et rentrent chez eux au début de l'hiver. Camille se garde bien de leur parler de son père. Les Italiens croient qu'il souffre, comme eux, du mal du pays. Et qu'il aime se retirer dans ce quartier abandonné de la Guillotière qui lui rappelle sa campagne.

L'éloignement dans la journée lui fait apprécier son retour, chaque soir, rue Thomassin. Camille renoue la trame des gestes modestes, des mots simples et précieux. Des attentions et des sourires qui rendent possible la vie en communauté. Il se rapproche d'Edmonde. Leur complicité, qui faisait le sel de sa vie depuis qu'il avait franchi le seuil de son garni, reprend ses droits. Même s'il demeure entre eux l'espace d'un silence.

L'entrepreneur pour lequel Camille travaille bénéficie de la confiance des sœurs de Sainte-Claire. Celles-ci, avec l'aval des autorités diocésaines, lui donnent accès à de nombreux marchés pour des établissements religieux de la ville. C'est ainsi que Camille sert des maîtres tailleurs de pierre qui œuvrent au couvent des Ursulines. Repérant sa vivacité, un compagnon lui inculque des rudiments de géométrie dans l'espace. Le rythme, moins épuisant que sur les chantiers de gros œuvre, lui permet de souffler. Les hauts murs qui ceignent les jardins et les cloîtres contiennent la fureur de la ville. A l'intérieur, le temps se trouve ralenti. Parfois, les voix d'une chorale de femmes parviennent d'une chapelle. Les maillets cessent alors de frapper la tête des burins.

Camille reprend confiance.

# 15

— Hé ! Toi !

Camille se retourne.

Il rentre du travail en coupant par la rue Mercière. Aujourd'hui, son maître maçon lui a commenté un plan avec élévation de façade. Camille a compris les principes des rabattements géométriques. Il entrevoit la possibilité de s'inscrire à des cours de dessin pratique.

Deux hommes le suivent, vêtus comme lui d'une blouse de maçon et coiffés de larges casquettes qui dissimulent leur visage. Le plus vieux a une trentaine d'années. Son compagnon, l'âge de Camille.

— Tu ne me remets pas ?

Camille hésite. Soudain, il se souvient.

— Tu étais sur le chantier de la rue Duphot !

— Exact. Et tu es le fils du Pierre des Bois d'en Haut…

Camille pâlit. Il n'aime pas ce ton.

— Et toi, tu es le fils de qui ? demande-t-il.

Le jeune homme s'esclaffe.

— Moi, ce serait compliqué à expliquer. Et pour mon frère, c'est la même chose.

Sur la défensive, Camille regarde autour de lui. La place derrière la Halle aux Blés est déserte.

— Où est-ce que tu marnes ?

— Dans un couvent.

Les deux compères éclatent de rire.

— Tu entends ? Dans un couvent !

— Pourquoi vous riez ?

— Parce que c'est pas là que tu risques de trouver ta belle-mère, mon vieux. A moins qu'une fois veuve, elle se soit rangée dans les ordres.

— Qu'est-ce que tu racontes ? Quelle belle-mère ?

— Eh bien ! l'Italienne.

Prenant son frère à témoin :

— Comment elle s'appelait déjà ?

— Alessia... Ou Delinda. Non, peut-être Giusta. Oh ! Et puis, je n'en sais rien.

— Qu'est-ce que tu sous-entends ? dit Camille.

— Je croyais que tu savais ! Tout le monde était au courant. Pas toi ? Ce n'est pas bien si on t'a fait des cachotteries.

Le coup part avec une rapidité imparable. L'autre reçoit le poing de Camille en pleine face. Sa bouche et son nez pissent le sang. Il se recule, le temps de reprendre ses appuis. Et maintenant, il avance. A la manière d'un boxeur de savate.

Camille n'a pas peur. Tout en parant quelques balayages de pieds, il ne quitte pas son adversaire des yeux. Profitant d'un instant d'inattention, il lui assène soudain un direct à la tempe. Les yeux de son agresseur se ternissent. Il vacille. Camille est sur le point de le frapper de nouveau, de toutes ses forces, lorsqu'il ressent une violente douleur dans la nuque.

Les jambes lui manquent. Autour de lui, les immeubles tanguent, le ciel s'obscurcit. Il s'écroule mollement sur le pavé. L'écho d'une course est le dernier bruit qui lui parvient.

# 16

Camille ouvre les yeux sur le visage d'Edmonde penchée sur lui.

— Qu'est-ce qui s'est passé ?

— Des maçons t'ont trouvé derrière la Halle aux Blés. Ils t'ont ramené ici.

Les détails de sa rencontre avec les deux frères lui reviennent à l'esprit. Il s'est fait avoir par naïveté. Maintenant il saura.

Edmonde lui tend un verre d'eau.

— Bois. Et reste tranquille.

— Gerbeau n'est pas là ?

— Ton oncle est avec Marcel à une réunion de chantier. Ils rentreront tard.

— Dis-moi, Edmonde…

— Qu'est-ce que tu veux savoir, mon petit ?

— Qui est-ce, cette Italienne qui vivait avec mon père ?

Edmonde tape des deux mains sur ses genoux.

— C'est pour ces bobards que tu t'es battu ?

— Ce ne sont pas des bobards, Edmonde ! C'était dit trop méchamment pour en être. Je sais que c'est vrai.

— Calme-toi, Camille.

— Je veux savoir, Edmonde ! Tu peux comprendre que c'est important. C'était mon père…

Camille se redresse sur la paillasse.

— Pourquoi vous ne m'avez rien dit ? Gerbeau aurait dû me parler. Je passe pour un idiot.

Edmonde glisse les doigts dans la chevelure de Camille.

— Personne ne te prend pour un idiot. Crois-moi.

— Mais alors ?

— Tu imagines ton oncle te dire : « Camille, à Lyon ton père était en ménage avec une femme ? Et l'hiver il vous retrouvait toi et ta mère comme si de rien n'était. » Tu crois ton oncle capable de cette horreur ?

— C'est donc ça, la vérité ?

— La vérité c'est que ton oncle a voulu vous épargner.

— Alors, vous saviez ? Ici, vous saviez tous… Et la brouille entre mon père et Gerbeau, c'était pour ça ?

— Ton oncle avait menacé Pierre d'en parler à sa sœur. Et puis, il y avait renoncé. D'après ce que j'ai compris, il craignait de faire trop de mal à ta mère. Parfois, on préfère rester aveugle que de savoir. De toute façon, ton père allait arrêter de limousiner. Il était fatigué de cette vie. Il voulait s'installer définitivement aux Bois d'en Haut. Gerbeau comptait sur cette rupture pour que les choses rentrent dans l'ordre.

Les yeux de Camille brillent.

— Il ne faut pas être malheureux, mon petit. La vie, c'est comme ça. Ça ne sert à rien de se débattre…

Elle se penche et le prend dans ses bras. Une mèche de ses fins cheveux gris se pose sur les lèvres de Camille.

— Mais ma mère…

— Pierre l'aimait. Il faut le comprendre. Il ne voulait pas la rendre malheureuse. Et toi non plus.

— Je n'ai rien vu, Edmonde. Quand il rentrait aux Bois d'en Haut, j'avais l'impression qu'il n'avait pas arrêté de penser à nous tout le temps de son absence.

— Et c'était la vérité ! Il me parlait de vous chaque fois que je le voyais.

— Et l'autre ? Tu l'as rencontrée ? Comment elle était ?

— Non. Jamais. Je savais qu'elle existait, c'est tout.

Edmonde paraît chercher dans ses souvenirs.

— Gerbeau l'a vue, je crois. Un jour.

# 17

Je sais. Maintenant, je sais.

Gerbeau a fini par me raconter l'histoire de mon père.

Elle s'appelait Emilia. Mon père l'avait rencontrée il y a un peu moins de vingt ans. Elle en avait quinze ou seize alors à l'époque, ce qui lui fait l'âge de ma mère. Mon père était employé à des travaux de maçonnerie dans une de ces fabriques comme il en existe autour de Lyon : des *usines-couvents*. Emilia, parmi la centaine de Piémontaises qui travaillaient dans les ateliers, était ovaliste[1] en soie. Comme les autres, elle avait été recrutée directement dans son village par le propriétaire de la filature.

Dans ce genre de manufacture, les filles sont sous la surveillance des sœurs de Saint-Joseph. Toutes les six semaines, elles ont droit à une sortie accompagnée le dimanche après-midi. Leurs salaires, m'a expliqué Gerbeau, sont placés à la Caisse d'Epargne de l'usine.

---

1. Les ovalistes – ou moulinières – préparaient le fil de soie afin de le rendre plus résistant en utilisant un moulin dont la pièce centrale était un ovale.

Elles travaillent onze heures par jour et le soir les sœurs leur apprennent à lire et à écrire. L'instruction religieuse aussi.

C'est là, d'après mon oncle, que mon père a connu Emilia. Comment a-t-il fait pour la séduire et l'enlever ? Je n'en sais rien. Mais je ne peux m'empêcher de penser qu'à la même période de sa vie, il soustrayait ma mère à l'influence de sa famille.

La rumeur veut qu'un dimanche, à la faveur d'une promenade surveillée sur les rives de la Saône, le couple s'est échappé et a fui à la Guillotière. Mon père savait qu'on ne pourrait pas les y retrouver. Ils ont loué une petite pièce meublée et s'y sont installés. Parce qu'elle était excellente moulinière, Emilia a été rapidement embauchée dans une soierie à la Croix-Rousse. D'après ce que j'en sais, ils ont alors mené une vie sans histoire.

Lorsque j'ai demandé à Gerbeau s'il l'avait rencontrée, il a d'abord refusé de me répondre. Et puis, il a fini par me dire qu'il l'avait vue le jour où il s'était rendu à la Guillotière sur les décombres de l'immeuble. Les eaux s'étaient retirées, laissant un amoncellement de débris, de maisons sur le point de s'écrouler, d'épaves encastrées dans les quelques murs encore debout. Le fleuve, en regagnant son lit, avait abandonné une couche de boue luisante. Une femme, les jambes enfoncées dans la vase, allait et venait en hurlant. Il se souvenait de ses cuisses blanches, de ses bras maculés, de sa chevelure en bataille.

Des Piémontais qui se trouvaient là étaient allés la chercher et l'avaient ramenée de force jusque sur la terre ferme. « C'était une belle femme. Brune comme peuvent l'être les Italiennes. Une figure pleine de passions, m'a dit Gerbeau. Elle criait le prénom de ton père, suppliait le ciel de le lui rendre. Malgré la colère que j'avais contre elle, son chagrin m'impressionnait. »

Ses compatriotes ont fini par la calmer. Un prêtre est venu de la paroisse de Notre-Dame-Saint-Louis. Enveloppée dans une couverture, toute tremblante, elle l'a écouté. Gerbeau s'en est allé. Mais à sa manière d'en parler, j'ai compris qu'il n'avait pas oublié les yeux noirs de la belle Italienne.

Maintenant, c'est fini. Je sais. Je vais devoir m'accommoder de cette histoire que je n'aime pas. Que pourrais-je désirer connaître d'autre ? Pendant toutes ces années, mon père a trahi ma mère. Il m'a trahi. En apparence il ne nous a rien soustrait, mais en apparence seulement. Car en nous trompant, il nous a tout pris. Pour me réconforter, Gerbeau m'a dit qu'on ne pouvait rien au passé. Que mon père était mort… « Il faut penser à ta mère, à toi. A la ferme. »

Je sais bien qu'il est mort et que Gerbeau a raison. Mais ça ne m'aide pas. Comment n'ai-je pas vu que les yeux de mon père lorsqu'ils étaient posés sur moi regardaient également par-dessus mon épaule ? Comment cela a-t-il pu échapper à ma mère ? Je ne retrouve plus, tels que je les connaissais, les souvenirs de notre vie aux Bois d'en Haut. Ils ont perdu de leur familiarité. Tout est brouillé et trouble à présent. Empoisonnée, ma mémoire.

Parfois, une expression surprise sur le visage de mon père me revient avec cette netteté inexplicable des images remontées de l'enfance. C'est, par exemple, un de ces instants où il semblait penser à quelque chose dont nous savions, ma mère et moi, qu'il ne nous parlerait jamais. Nous acceptions ses silences. Nous ne cherchions pas à connaître ce qui l'assombrissait. Nous savions qu'il vivait, loin de chez nous, des choses qu'il ne désirait pas partager. Nous pensions que c'était pour nous protéger.

Je le revois m'apprenant à fabriquer un moulin sur le ruisseau de la Genette. Son attention me laissait croire qu'il était entièrement là, avec moi, à tailler des petites branches, préoccupé par cette seule activité d'apparence insignifiante. Alors que peut-être ses pensées vagabondaient vers Emilia. Emilia dont il se morfondait d'être séparé.

Je suis pourtant certain, à l'approche du printemps, d'avoir perçu son chagrin à l'idée de nous quitter. Je l'ai ressenti à sa voix, à ses lèvres pincées quand il croyait qu'on ne l'observait pas. La façon qu'il avait de me fixer comme s'il voulait garder le souvenir de mon visage au cours des mois à venir. La nuit, quand ils avaient tiré le rideau de leur lit, j'entendais mes parents parler longtemps à voix basse. Et plus souvent, avant le départ, dans leur alcôve ce petit bruit de gorge de ma mère qui perçait le silence d'un mystère qui me troublait. Non, la douleur de mon père n'était pas feinte alors. Elle répondait à celle de ma mère. A la mienne. Elle était la nôtre.

Pouvait-il, en même temps, être dévasté par la séparation et heureux de la retrouver ? Lorsqu'il partait de Lyon, dans les semaines qui précédaient son retour aux Bois d'en Haut, était-il également triste ? Quel mal était le plus lourd à porter ? C'était où *chez lui* ? Je ne sais même plus le sens qu'il faut donner au mot retour.

C'est mon père que me vole cette Italienne. Mais non, ce n'est pas vrai. Mon père s'est dérobé lui-même. Chaque fois que je pense à un moment où nous sommes réunis aux Bois d'en Haut, maintenant j'en vois l'envers dans le miroir de sa vie. La douleur folle d'Emilia décrite par Gerbeau fait écho à celle de ma mère, tellement maîtrisée. Laquelle est la plus grande ? Elles ne sont pas semblables, ces deux souffrances. Ma mère a été blessée par la disparition de son mari mais aussi par le souci qu'elle a de moi. Je ne peux m'empêcher de penser que cette désolation est plus profonde que celle d'une maîtresse.

J'ai mis des jours à me décider. Mais ma détermination est grande et je n'en varierai pas. La saison prochaine, aux Bois d'en Haut, quand je devrai repartir au printemps, j'irai voir un cousin du Mas d'Artige qui limousine à Paris. Il paraît qu'on y est mieux payé, qu'on y mange bien et que les échafaudages sont moins hauts. Je ne veux plus travailler à Lyon. Je ne veux plus revenir dans cette ville. Je ne veux plus franchir le Rhône et penser à lui, rencontrer des gens qui ont connu Emilia et croiser des regards qui savaient alors que j'étais dans l'ignorance.

Je veux tout reconstruire.

## 18

Juin. Sur les boulevards et les cours à contre-allées, les robes des élégantes se rehaussent de couleurs vives. Les harnais des équipages brillent sous un soleil qui dore les façades de pierres blondes. Les cris d'enfants jouant tard dehors résonnent longtemps au fond des ruelles. Camille croise de jolies filles et pas seulement celles qui tapinent à la Guillotière. Il attire les regards et les plus audacieuses le dévisagent, un sourire aux lèvres. C'est le premier été loin des Bois d'en Haut. Le soir, il traîne dans les rues, repoussant le moment de rentrer au garni. Se demandant comment il a pu croire que le monde tenait tout entier replié autour de ses tourbières.

Souvent, avant de s'endormir, il songe à sa mère. A son travail épuisant, aux accidents possibles avec les bêtes ou les outils tranchants, à la brutalité des hommes restés au pays. Au peu d'argent, malgré tous ses efforts, qu'il sera en mesure de rapporter en fin de campagne. Il s'en veut de n'être pas à son côté.

Un jour, l'entrepreneur pour lequel il travaille convoque Camille.

— On me rapporte que tu es vif et que tu comprends vite. Qu'est-ce que tu dirais de prendre des cours du soir ? Apprendre le trait, faire des devis, lire les plans… C'est comme ça que j'ai commencé.

— Oui, répond Camille.

Dès lors, le jeune homme n'est plus affecté qu'à des équipes spécialisées dans la restauration et la reprise d'édifices religieux. Son oncle rumine la désertion de son neveu tout en se félicitant qu'il se voie offrir l'occasion de progresser.

— Tu peineras moins que nous, lui dit-il.

Et Camille entend dans ce vœu mêlé de doutes toute la fatigue et les désillusions d'une vie.

Après le souper, le jour qui s'éternise est propice aux confidences. Gerbeau égrène des souvenirs de ses campagnes, revenant sans cesse sur le nombre de celles qu'il lui reste à faire. Peu à peu, Camille comprend que son oncle ne s'est jamais considéré autrement que comme un paysan. Un homme de la terre pour lequel le travail de maçon n'est qu'un complément à son état de cultivateur. Gerbeau n'émigre pas, il n'est pas un déraciné. Il est des Bois d'en Haut. Et Lyon, un terroir qu'il exploite. Assembler les pierres pour monter un immeuble rue de l'Impératrice est le prolongement de l'épierrage de ses labours et de la construction des murets autour de ses parcelles. Camille pressent que c'est cette continuité même qui empêche son oncle d'échapper à sa condition.

C'est ainsi qu'au fil des conversations, il mesure à quel point il est différent. Il est jeune, bien sûr, mais il a une intuition. Une certitude. Jamais la terre n'aura le pouvoir de le retenir. Il en éprouve un sentiment de détachement, presque de liberté.

C'est un soir de la dernière semaine de juin, alors qu'il franchit la porte du garni, qu'Edmonde lui remet une lettre de sa mère.

# SUR LA ROUTE

# 19

Que m'écris-tu, maman ? J'ai dû lire et relire ta lettre pour en saisir le sens. Mes yeux couraient sur les lignes. Follement. Mon esprit refusait de comprendre.

C'est un monde de plus qui s'écroule. Et c'est toi qui le précipites. Ici, à Lyon, je m'accrochais à l'idée de te retrouver. J'étais heureux de devenir plus fort pour te soutenir à mon tour. Tu comptais sur moi seul. Nous étions pauvres mais ensemble. Et voilà que tu m'expliques que rien ne se passera comme je l'imaginais.

Est-ce que je le connais ? Comment peux-tu me poser la question ! Bien sûr, maman. Qui ne connaît Victor Bussière ? Sa maison en granit à joints vifs, au grand toit d'ardoises. Ses fermes et leurs dépendances aux immenses charpentes en vaisseau. Sa centaine d'hectares sur les meilleures terres. La réussite de l'entreprise Bussière à Paris qui emploie une vingtaine de compagnons, tous d'ici, dirigée par son frère vieux garçon… On l'a tous en tête, maman, cette histoire. Chacun d'entre nous un jour s'est dit : « Pourquoi pas moi ? Je ne suis pas plus bête. S'il y est arrivé, moi aussi je peux devenir riche. » Pauvres idiots que nous sommes !

Et c'est ce Bussière-là qui t'a demandée en mariage ?

Comment est-ce possible, maman ? Où l'as-tu rencontré ? Tu es très discrète sur ce point. Tu écris simplement qu'il est venu aux Bois d'en Haut accompagné de sa sœur dans un cabriolet tiré par une jument noire. Quand tu as entendu les sabots sonner sur l'empierrement du chemin, j'imagine que tu as passé la tête par la porte toujours entrouverte à cause de la cheminée qui fume. Qu'as-tu pensé à cet instant, maman ? Je ne le saurai jamais. Cela restera un vide entre nous.

Je le vois descendre du siège. Avec précaution car on devine à sa démarche un peu raide que les rhumatismes commencent à le mordre. Il a quel âge, Bussière ? Cinquante-cinq ? Vingt ans de plus que toi, maman. Tout le monde sait qu'il a commencé simple goujat à Paris. Que sa journée terminée, il filait aux cours du soir. Et puis la chance. Cet immeuble voué à la démolition, acheté pour une bouchée de pain, retapé et transformé en maison de rapport vite revendue. L'argent qui rentre. Le matériel qui s'accumule dans la cour de son entrepôt, rue de Bièvre.

Au moins, dis-moi que tu t'es avancée au-devant de tes visiteurs sans baisser les yeux. J'imagine que c'est sa sœur qui a parlé la première. Je me souviens que tu avais fait des travaux de couture pour elle. Tu te rendais à leur domicile pour des rideaux. Est-ce là qu'il t'a rencontrée ? Vous êtes-vous parlé alors ? Comment te regardait-il ? Tu étais mariée à cette époque.

La sœur, elle s'appelle Léopoldine je crois, a dû égrener quelques mots qui n'engagent à rien. Tout en jetant un regard sur notre ferme. Elle n'a pas besoin qu'on lui explique, Léopoldine. Elle sait le poids des choses. Toute sa vie, elle l'a consacrée à Victor. Dans l'ombre. Comme son frère, resté à Paris pour diriger l'entreprise de maçonnerie, elle ne s'est pas mariée. Victor, c'est différent. Dix ans qu'il est veuf.

Il a dû s'avancer et tendre la main. Un peu gêné quand même. Un homme qui achète une femme est toujours un peu gêné. Dis-moi qu'il t'achète, maman, que tu ne l'aimes pas. Que tu agis pour mon bien.

Vous êtes rentrés dans notre salle commune. Ils ne se sont pas assis, les circonstances ne s'y prêtaient pas. Peut-être Léopoldine a-t-elle trouvé un prétexte pour vous laisser seuls. Il a cherché ses mots. Je sais que tu l'as regardé avec cette attention que tu sais mettre en toute chose, maman. Et c'est peut-être cela qui lui a plu, à Victor Bussière. Oui, à cet instant, il s'est dit : « J'ai bien fait de vouloir cette femme. Malgré tout ce que je sais de son déplorable défunt mari et de sa double vie à Lyon, j'ai raison de la désirer à mon côté. »

Tu as répondu que tu devais réfléchir. Que tu étais honorée mais que tu avais besoin de temps. Quatre ans sont passés, maman, depuis la mort de mon père. Quatre ans, c'est assez long, tu ne crois pas ? Il s'est confondu en « bien sûr, évidemment, je ne veux pas vous presser. Vous feriez de moi un homme heureux, Marie… ». C'est la première fois qu'il prononçait ton prénom. Ses yeux brillaient.

Ils sont remontés dans leur cabriolet. Victor n'a pas eu à saisir le fouet. Un claquement de langue et la jument a pris son trot enlevé dans la descente du chemin. Toi, maman, tu es restée sur le pas de porte, jusqu'à ce que l'équipage disparaisse derrière la haie, tout en bas. Ton visage est ciselé et grave. Je n'ai pas besoin de le voir. Je sais comme il est beau en cet instant. Intense. Tes deux mains sont croisées sur ton tablier taché à hauteur de ton ventre. Tu ne bouges pas, tu respires à peine. Tu penses à mon père. Au temps qui passe. A moi. A tout ce que t'apporterait la vie avec Victor Bussière. Peut-être même, murmures-tu « Marie Bussière ». Et tu trouves que cela sonne bien. Des idées folles te viennent en cascade. Te bousculent. Ce jour où tu n'attendais rien scelle le passage d'un temps à un autre.

Je crois, maman, qu'à l'instant même où il t'a demandé ta main, tu as su que tu accepterais. Il est bien plus âgé que toi, et alors ! Il n'aura pas la brutalité des hommes pleins de sève. Tu lui seras précieuse car ta jeunesse est sa jouvence. Tu t'es dit : « Oui, il a la peau tavelée, des rides autour des yeux, sans être gros il est alourdi. Et moi je suis mince et souple comme une bergère. Mes yeux brillent et les siens sont légèrement éteints. Mais nous appartenons à la même histoire. Même s'il possède plusieurs immeubles à Paris, il est né dans une ferme plus misérable que la nôtre. Et c'est moi qu'il veut pour épouse. »

J'ai reposé ta lettre, maman. Les autres m'ont laissé seul dans la chambrée. Ils ont vu que les nouvelles me bouleversaient. Pardonne-moi si c'est difficile. Je viens de découvrir que mon père était un menteur, un homme sans parole. Et malgré tout, j'ai du mal à imaginer que tu deviennes la femme d'un autre. Je sais bien que ce serait folie de refuser. D'ailleurs, tu n'as même pas pris soin de me demander mon avis. Tu es une femme déterminée, maman.

Lorsque tu as rendu ta réponse à Victor, celui-ci s'est montré d'une grande délicatesse. « Il m'a respectée », écris-tu pour me rassurer. Vous avez décidé de faire les démarches pour le mariage. Très vite une difficulté à laquelle vous n'aviez pas songé est apparue. Un certificat de décès de mon père est exigé. Faute de quoi, officiellement, tu es toujours Marie Neuvialle. C'est ce certificat de décès que tu me demandes d'obtenir auprès des autorités.

# 20

— Les Bois d'en Haut ? Ça existe ?

— Oui.

L'homme à rouflaquettes, le crâne dégarni, la cinquantaine empâtée, est assis derrière un bureau. Il tient dans ses mains le passeport de l'intérieur que Camille lui a remis.

— Et toi, c'est Camille Neuvialle ?

— Oui.

— Oui, *monsieur le commissaire.*

— Oui, monsieur le commissaire.

— Domicilié 10 rue Thomassin…

— Oui, monsieur le commissaire.

— Qu'est-ce que tu veux ?

— Mon père est mort pendant la grande crue, il y a quatre ans. Ma mère veut se remarier. On lui demande le certificat de décès de son époux.

Le commissaire repose le passeport. Il observe Camille avec attention.

— Un certificat de décès… Il est enterré où, ton père ?

— Son corps n'a pas été retrouvé, monsieur le commissaire. Il a été emporté par le Rhône.

— Emporté par le Rhône ! Comme ça !

Il a un geste de marionnettiste.

— Evaporé ! Bien sûr… Il y a toujours un problème avec vous, les Auvergnats. Vous vous évaporez facilement.

Camille se souvient de la mise en garde de Gerbeau. Il n'y a rien de bon à attendre lorsqu'on a poussé la porte d'un commissariat.

— Alors, pas de corps ? Pas de tombe, pas de certificat d'inhumation signé par le curé. Pas de trace de sa présence sur terre en somme… Il vivait où, cet homme discret ?

— A la Guillotière.

— La Guillotière, évidemment !

Le commissaire se lève. Il regarde les classeurs à rideaux recouverts d'un vernis crasseux, alignés derrière son bureau. Puis se dirige en claudiquant vers l'unique fenêtre de la pièce, protégée par des barreaux. Le visage levé vers un coin de ciel pris entre les murs, il poursuit :

— La Guillotière, vois-tu, c'est un lieu particulier. On croit savoir où vivent les gens. On consulte les registres des garnis. On va taper à leur porte. Et les voisins te jurent que personne n'habite là depuis des années. Comme par hasard, c'est dans cet arrondissement que vivait ton père. Au milieu des Italiens, je suppose, des maçons, des Auvergnats. Et de toute cette racaille qui afflue de partout.

De sa démarche pesante, l'homme s'approche d'une carte de France et pointe un doigt sur la région du Centre.

— Des étrangers qui prétendent venir de là et qui arrivent en réalité de là ! Et de là encore !

Son index frappe à toute vitesse différents points. Au nord, au sud, en Italie…

— Des étrangers irréguliers ! Voilà ce que vous êtes. Rien ne vous attache ici. Vous venez vous remplir les poches dans notre ville et vous repartez. Où ? On n'en sait trop rien. Alors tu peux imaginer que cela fait longtemps que je ne crois plus ce qu'il y a marqué là-dessus !

Le commissaire saisit le passeport de Camille et le laisse retomber sur sa table de travail.

— Tiens ! Je vais te faire une confidence : lorsque j'ai un de ces gaillards devant moi, je doute de son existence. Je veux parler de son existence réelle, administrative. Alors quand il s'agit d'un corps qui vogue dans le courant, permets-moi de te dire que cela relève d'un effort que je n'envisage pas !

— Il y a des témoins qui habitaient l'immeuble où il vivait, monsieur le commissaire.

— Quels témoins ? Des Auvergnats, des Piémontais ! Rien, tu m'entends ! Rien qui pourrait me pousser à rédiger un certificat et y apposer un coup de tampon.

Soudain, le commissaire s'avance vers Camille.

— Tu veux savoir pourquoi je me méfie des maçons dans ton genre ?

Camille ne bronche pas.

— Je vais te le dire. Le 12 avril 1834. Ça ne te dit rien, naturellement, tu n'étais pas né. Moi, c'est une date que je n'ai pas oubliée. Je débutais dans la police. Ça s'est passé dans le quartier de l'Hôtel-Dieu. La révolte des canuts durait depuis trois jours. Le général Buchet avait envoyé ses voltigeurs du 28e à l'assaut d'une barricade au coin de la rue Raisin. Il y avait des tireurs dans les mansardes. J'ai reçu une balle dans la jambe, juste en dessous du genou. Quand la barricade a été enlevée, la troupe est montée déloger les hommes sur les toits. C'était des maçons. Des gars comme toi, faciles à embrigader. Des factieux. Alors les limousinants, tu peux imaginer ce que j'en pense.

« Allez ! Fous-moi le camp.

# 21

C’est encore Edmonde qui a dénoué l’affaire.

Tout le garni était sous le coup de l’accueil que le commissaire de police avait réservé à Camille.

— Ils nous détestent. Pour eux nous sommes des voyous, avait dit Gerbeau.

— Et encore, toi tu ne vis pas ici, avait remarqué Marcel. Cela fait presque trente ans que nous tenons cette chambrée, Edmonde et moi. Pas un mois sans un problème. Un jour, c’est la tenue du registre, un autre…

Alors, Edmonde a dit :

— Si tu demandais au père Dagier ? C’est un homme bon qui a ses entrées à l’évêché.

Deux jours plus tard, Camille rencontrait le prêtre.

— Je connais un homme qui peut t’aider. Le père Faure de la paroisse de Notre-Dame-de-Saint-Louis, à la Guillotière. Explique-lui ton cas et il te signera certainement un document dans lequel il certifiera le décès de ton père. A partir de là, j’interviendrai. L’administration impériale soutient la Sainte Eglise. Profitons-en.

L'office est achevé et le père Faure salue les fidèles sur le parvis. Lorsqu'il revient dans l'église, Camille s'avance vers lui.

— Je voudrais vous parler, mon père. Je viens de la part du père Dagier.

— Suis-moi.

Faure entraîne Camille dans une pièce aux murs chaulés communiquant avec le presbytère.

— Je t'écoute…

Après que Camille a exposé sa requête, le prêtre dit :

— C'était il y a quatre ans mais je me souviens très bien de ces journées dramatiques. Ton père, je le connaissais. Il ne venait jamais à la messe. Mais je savais qu'il travaillait dans nos églises et nos couvents. Tout le monde louait son ouvrage.

« Il vivait dans le péché avec une Piémontaise, Emilia Maspoli. Tous les deux, ils constituaient une famille. Sans enfant, mais une famille quand même. La foi d'Emilia était profonde et elle souffrait de cette situation. Son travail terminé à la soierie, elle venait souvent faire le ménage, cirer les boiseries, changer l'eau des fleurs… Mais je comprends que cela te blesse d'entendre parler de cette femme.

— Mon oncle l'a vue. Elle était désespérée après la noyade de mon père. Un prêtre l'a raisonnée.

— Ce n'était pas moi. Mais je connais l'histoire. Tout le monde était impressionné.

L'homme paraît ne plus rien vouloir ajouter.

— Mon père, pourriez-vous écrire une lettre qui confirmerait que Pierre Neuvialle est mort ? Le père Dagier a dit que cela lui permettrait d'obtenir le certificat…

— Non, mon fils. Je ne peux pas.

— Mais…

— Si cela m'était possible, je la rédigerai tout de suite, cette lettre. Mais ça ne l'est pas.

— Pourquoi, mon père ?

— A cette question je ne peux te répondre.

Interloqué, Camille scrute le visage du prêtre.

— Le curé d'une paroisse sonde les cœurs. C'est tout ce que j'ai à te dire. Au revoir, Camille.

« Dieu t'accompagne.

# 22

Il ne peut pas.

Il ne m'a pas dit « Je ne veux pas » comme le commissaire.

Je dois chercher ce que le père Faure a voulu me faire comprendre. Tout d'abord, il connaissait bien Emilia Maspoli, toujours fourrée à l'église, très pieuse. Pas au point quand même de repousser Pierre Neuvialle. Elle se confesse régulièrement comme les Piémontais de son voisinage. Ceux-là ont certainement livré au curé une version de la disparition de mon père bien différente de celle que nous connaissons.

Je t'en veux, Pierre Neuvialle, d'avoir semé la confusion jusqu'après ta mort. Tu ne pouvais pas être un défunt tranquille ? Un mort tout simple, avec des os blancs allongés dans la terre d'un vieux cimetière exposé au midi. Plutôt que de nous persécuter, maman et moi ? A cause de toi, je suis le fils d'un fantôme. Ni vivant ni mort. Les deux, peut-être.

Maintenant, je suis persuadé que c'est le secret de la confession qui empêche le père Faure de parler.

Cela signifie donc que tu es vivant.

Pourquoi, alors, Emilia Maspoli était-elle désespérée ? A-t-elle cru vraiment que mon père avait été emporté par les eaux ? Ou jouait-elle la comédie ? Elle aurait feint le désespoir pour abuser Gerbeau et tromper ses voisins. A moins que mon père l'ait elle aussi dupée comme il a trompé ma mère. Une façon bien à lui de ne pas avoir à choisir entre ses deux vies.

Je cherche à comprendre pourquoi tu aurais profité de la crue pour te volatiliser de la surface de la terre. Si tu es vivant, et je te promets qu'en cet instant j'espère que ce n'est pas le cas, cela signifie que tu as manigancé ta disparition. Même si tu l'as improvisé, pour réussir ton coup il fallait que l'idée de nous abandonner te préoccupe depuis longtemps. Tu as vu dans la crue une occasion qui ne se représenterait plus. Je me souviens comme tu es prompt à prendre une décision et comme elle est alors irrévocable.

Le résultat est là : tu nous as trahis, maman et moi. Non pas seulement trahis : tu nous as précipités dans le chagrin et la misère.

Vraiment, je préférerais te savoir mort.

Mais peut-être y a-t-il une autre explication à ta disparition. Gerbeau m'a souvent dit que tu faisais des dettes un peu partout. Tu gagnais bien ta vie car tu étais apprécié pour ton habileté, mais tu étais dépensier. Et si tu avais mis en scène ta noyade dans le Rhône pour échapper à des créanciers ?

Le soir, lorsque je suis rentré au garni, ils ont tous vu que ça n'allait pas.

— Alors ? m'a dit Edmonde.

— Alors, il ne veut pas.

— Je m'en doutais ! s'est exclamé Gerbeau.

J'ai préféré ne rien dire. J'ai trop honte d'être ton fils, trop honte de toi. Honte d'être un enfant abandonné.

Si j'exclus le prêtre dont je ne peux rien attendre, la personne la plus proche de la vérité, c'est Emilia Maspoli. Je vais la retrouver. Je ne lui veux aucun mal mais je ne renoncerai pas. J'espère seulement qu'elle comprendra que je ne peux pas vivre sans savoir. C'est quelque chose qu'une femme peut entendre.

## 23

C'est bientôt septembre et les fêtes des vogues. Les défilés, fanfares en tête, les saltimbanques, les montreurs d'ours et de curiosités, les joutes sur la Saône, cette joie populaire que même l'Empire a renoncé à étouffer, laissent Camille indifférent. Il traverse les réjouissances comme un somnambule, n'a pas un regard pour le feu d'artifice de la Guillotière et ne se rend à aucun des bals qui ponctuent chaque journée.

Dès qu'il a quelques heures de libres, il traîne dans les quartiers où vivent des Piémontais susceptibles de le renseigner sur Emilia Maspoli. Il s'efforce de lier conversation mais n'obtient en retour que de la méfiance. Il élargit alors le cercle de ses recherches, revient dans la Presqu'île, rue Sala, rue de la Charité, rue Mercière… Et dans le quartier de Grôlée où, malgré les expulsions, demeure encore une population italienne.

Toujours sans succès.

Il songe à interroger les plâtriers. Proches du gros œuvre, ils ont pu se lier plus facilement avec son père. Presque tous viennent des vallées de la Valsesia, du Val Sessera ou du Val d'Ossola. Quand il dit « Je suis le fils de Pierre Neuvialle », les visages s'ouvrent, les regards le jaugent. Il échange quelques mots, glane des anecdotes de chantier. Mais dès qu'il prononce le nom d'Emilia Maspoli, les mines se referment dans un silence suspicieux.

Camille ne se décourage pas. Les plâtriers ne veulent pas l'aider alors il se rapproche des sculpteurs ornementalistes originaires pour la plupart de la Valsesia. Comme son père travaillait souvent pour l'évêché, il questionne des maîtres figuristes, spécialisés dans le moulage de statues de plâtre liturgiques. Sans résultat.

Ce jour-là, Camille sert un compagnon qui remonte des encadrements de baies dans un cloître près de l'église de Sainte-Bonaventure, place des Cordeliers. Au moment de la pause, il voit arriver vers lui un Italien qui travaille aux ornements de staff de l'autel de la chapelle attenante.

— On m'a dit que tu te renseignes sur Emilia Maspoli ?

— Oui. Je suis le fils de Pierre Neuvialle. Il a vécu à la Guillotière une vingtaine d'années avec Emilia Maspoli.

Jamais Camille n'a imaginé dire un jour à propos de son père « Il a vécu une vingtaine d'années avec Emilia Maspoli ». En même temps qu'il prononce la phrase, il sent la morsure d'une humiliation.

— Je sais. Ton père est mort. Comment tu t'appelles ?

— Camille. Camille Neuvialle.

— Moi, c'est Pietro Micheletti.

Et l'homme tend la main à Camille.

Pietro Micheletti a une trentaine d'années. Lui aussi vient de la Valsesia. Conformément à la tradition dans sa vallée, il a commencé plâtrier-peintre.

— Ensuite, je me suis orienté vers le moulage. J'ai une spécialité, les plafonds à l'italienne. Et aussi les cheminées en plâtre sculpté. C'est sur un chantier dans un hôtel particulier, que j'ai rencontré ton père. Il y a longtemps. Comme tu le vois, je me suis reconverti dans le staff. Mais je tâte encore du moulage. Et même de la plâtrerie quand il faut faire bouillir la marmite.

Ils sont assis sur un linteau, dans le jardin attenant au cloître. Le soleil leur réchauffe les épaules. Des oiseaux chantent dans les arbres contenus par les hauts murs.

— Et toi, tu viens d'où ?

— De Gentioux, sur le Plateau de Millevaches. A cinq jours par la route de Bordeaux.

— Moi, c'est de l'autre côté. Vers l'est… On passe par le col du Petit-Saint-Bernard. Et on redescend par la vallée de la Tarentaise. Je l'ai fait chaque printemps et chaque automne pendant des années. J'ai perdu plusieurs compagnons au sommet du Passo di Valdobbia. Maintenant, je reste l'hiver. J'ai fait venir ma femme. Nous vivons en meublé, rue Bonnefoi, à la Guillotière.

Camille se met à espérer. Pietro Micheletti va peut-être répondre à la seule question qui le tourmente.

— Pourquoi tu cherches à retrouver Emilia Maspoli ?

— Elle vivait avec mon père…

— On le savait tous.

— Oui, mais moi, je ne le savais pas ! Et ma mère non plus.

— Qu'est-ce que tu lui veux, à Emilia ?

— Le corps de mon père n'a jamais été retrouvé. Ça me manque de ne pas savoir. Je veux…

— Oui ?

— Je voudrais lui demander s'il lui parlait de moi, de nous qui l'attendions au pays. Ses derniers instants, comment ça s'est passé. Elle est la dernière…

— Pourquoi tu ne lui demandes pas directement ?

— Elle a disparu. Après la crue, des voisins l'ont vue traîner quelques jours dans le quartier. Les soirs, elle partait sans rien dire. Un matin, elle n'est pas réapparue. Ça fait quatre ans qu'elle n'est plus à Lyon.

Pietro Micheletti hésite.

Et puis, il dit :

— Les soirs, elle rentrait chez nous.

# 24

Je raccompagne Pietro chez lui, rue Bonnefoi. Nous traversons le Rhône en silence. Un vent glacé souffle sur la ville.

Au fond d'une arrière-cour, nous montons un vieil escalier de bois. Pietro n'a pas dit un mot depuis que nous avons quitté le chantier. Devant une porte sous les toits, il s'arrête.

— C'est là.

L'unique pièce est mansardée. Une table, un lit, un réchaud. D'une propreté impeccable. Par une lucarne on aperçoit le fleuve, la Presqu'île sur l'autre rive. Et, coiffant un horizon de toitures, les hauteurs de Fourvière.

Pietro pousse une chaise vers moi.

— Delinda va bientôt rentrer. Elle est ovaliste aux Brotteaux. Tu sais, l'usine rue Bossuet.

Il sort deux verres d'un placard, un pichet de vin.

— A nous ! Aux vivants et aux morts.

Avant que son épouse ne rentre du travail, il m'explique le lien qui les unissait à Emilia.

— Emilia et Delinda sont du même village. Un jour, je me suis mis en tête de faire venir Delinda. Sans

Emilia, je ne sais pas si elle aurait franchi le pas. Emilia lui a trouvé un emploi de moulineuse. A la pause, elle lui apprenait la manœuvre. C'est grâce à elle que Delinda a eu son poste.

Je me tais. Un portrait d'Emilia se dessine. Une femme bien réelle, fidèle à son amie d'enfance, soucieuse d'entraide. Une femme accomplie. Comme ma mère.

Nous entendons craquer les planches du palier.

— C'est elle, dit Pietro.

Une femme brune, aux yeux vifs, à peine la trentaine, se présente dans l'encadrement. Sur son visage, une expression de surprise. Pour couper court au reproche d'avoir conduit un étranger dans son logement, Pietro dit :

— C'est le fils de Pierre.

Juste cela : « Le fils de Pierre. » Comme s'il n'y avait qu'un Pierre au monde.

Et l'étonnement vire à la curiosité.

— Je m'appelle Camille. Camille Neuvialle, dis-je en me levant de ma chaise.

Delinda pose sa pèlerine sur le lit.

Ils sont face à moi, elle assise sur le sommier et lui accoudé à la table. Ils pèsent leurs mots sans pour autant chercher à m'égarer.

— Le matin de la crue, dit Delinda, nous sommes allés sur les berges. Nous voulions nous assurer qu'Emilia et Pierre étaient saufs. Leur immeuble était entièrement détruit. Il ne restait que les fondations en dur.

A l'évocation du pisé, le visage de Pietro exprime du dégoût. Delinda poursuit :

— Emilia restait introuvable. Et Pierre aussi. Nous sommes allés travailler mais nous étions inquiets.

Le soir, on a frappé à la porte. C'était Emilia ! Couverte de boue… Epuisée. Tu te souviens, Pietro ? On s'est jetées dans les bras l'une de l'autre. De vraies sœurs ! Pietro vous l'a dit ? On vient du même village.

Delinda se tait, laissant la parole à Pietro.

— Emilia nous a tout raconté. Les choses étaient allées très vite. Lorsque la vague est arrivée, Pierre lui a commandé de prendre ses affaires. A peine avait-il dit ça que l'immeuble a craqué. Ils se sont échappés, mais Emilia a perdu le sac dans lequel elle tenait leurs économies. Pierre est reparti le chercher. C'était la nuit.

Elle ne l'a jamais revu.

Pietro n'en sait pas plus. Peu à peu cependant, grâce au témoignage qu'il me rapporte, une scène se dessine. Dans l'obscurité une silhouette se sépare d'Emilia et crie : « Je vais le chercher ! Va-t'en, toi ! » Elle hurle : « Non ! » Mais l'autre y va quand même. L'autre, c'est mon père. Il a toujours été comme ça, tête brûlée. Il aimait le risque, les tours de force… Mais cette nuit-là, le Rhône n'a que faire des fiers-à-bras. Mon père se faufile derrière les murs que la flotte commence à saper. J'entends Emilia crier : « Reviens ! Pierre, reviens ! » Elle l'appelait Pierre, n'est-ce pas ? Tout le monde l'appelait Pierre ici. Même les Italiens.

— Le niveau est monté d'un seul coup. Il n'y avait rien à faire.

Moi aussi, j'aurais préféré qu'il n'y ait rien à faire, qu'aucune manigance ne soit venue entacher cette fin tragique.

Je sens la douleur de Delinda se rouvrir à l'évocation d'Emilia et de la disparition de mon père. Je me dis alors qu'il est peut-être mort. J'ai mal interprété les paroles du père Faure. Et si « je ne peux pas » signifiait autre chose ?

— Emilia ? Qu'est-ce qu'elle est devenue ?

Ils se regardent. Ma question les renvoie à une histoire qui les a blessés. C'est Delinda qui parle.

— Emilia est restée ici une semaine environ. Elle ne parlait plus, pas même à moi. D'habitude on se confiait tout… Un soir, elle n'est pas rentrée. On l'a cherchée partout. N'est-ce pas, Pietro ? On a alerté les voisins. On est allés sur le chemin qu'elle empruntait pour rentrer de l'usine. On a posé des questions aux uns et aux autres. Plus d'Emilia.

Elle ajoute d'un air qui ne ment pas.

— Ça m'a blessée. Vraiment. Qu'elle ne nous dise rien et s'enfuie comme ça. Après tout ce que nous avons vécu ensemble.

Pietro m'observe. Et je comprends soudain que lui aussi doute. Ma quête l'a définitivement convaincu que quelque chose d'étrange s'est joué au cours de cette nuit, il y a quatre ans.

Nous sommes au moins deux dans cette pièce à le penser.

# 25

Delinda me salue sans me tendre la main. Sur son visage, la curiosité suscitée par ma visite a viré à la tristesse. L'évocation d'Emilia l'a bouleversée.

— Je l'accompagne, dit Pietro au moment où je franchis le seuil de leur logement.

Nous descendons en silence dans l'escalier vermoulu. Il fait nuit. Dehors, une pluie glacée tombe d'un ciel sans étoile.

Au pied de l'immeuble, je m'arrête.

— Tu sais, Pietro, je ne voulais pas faire de la peine à Delinda. Je regrette…

— Ne t'inquiète pas. Et puis, c'est moi qui t'ai conduit ici.

— Dis-moi : finalement, on ne sait pas où elle est, Emilia ?

Pietro secoue la tête.

J'insiste :

— Elle est peut-être retournée dans son village de la Valsesia ?

— Non. Elle n'y est jamais revenue. Mais pourquoi tu veux encore la retrouver ? Ce qu'elle nous a dit des derniers instants de ton père, ça ne te suffit pas ?

— J'aimerais la voir. Pas facile pour moi d'apprendre que mon père avait deux femmes, deux familles, deux vies. Je n'en veux pas à Emilia. Je voudrais comprendre.

— Il n'y a rien à comprendre, Camille ! C'est comme ça. Il faut l'admettre sinon tu souffres. Tu es jeune. Passe à autre chose…

Je suis sur le point de le saluer quand il ajoute :

— Demain, je ne serai pas sur le chantier. Je ne crois pas qu'on se revoie d'ici longtemps. Je pars travailler à Saint-Etienne.

— Merci pour ce que tu as fait.

— Jusqu'ici, je n'ai rien fait. Mais écoute-moi bien. Là, je vais faire quelque chose pour toi. Même si je ne suis pas sûr que ce soit une bonne idée.

— Tu as une information ?

— Peut-être. Mais attention ! Je n'en ai jamais parlé à Delinda.

— Alors ?

— Un jour, un colporteur qui travaille pour un fabricant de statues religieuses à la Guillotière m'a dit qu'il avait aperçu Emilia.

— C'est vrai ?

— Ne t'emballe pas ! Le colporteur, je le connais. Il s'appelle Giuseppe. C'est un type qui ne parle pas pour ne rien dire. Mais je n'en sais pas plus. Ni où, ni comment il aurait croisé le chemin d'Emilia. Si elle était seule. Est-ce que Giuseppe la connaissait vraiment au point d'être certain que c'était elle ? Je n'en suis même pas persuadé.

— Ces types sont très forts pour ce qui est de remettre un nom sur un visage.

— C'est vrai.

— Et le fabricant de statues, où est-il à la Guillotière ?

— C'est un figuriste. Rue de l'Epée. Sa vitrine donne sur la rue mais l'atelier est derrière. Dis-lui que tu viens de ma part. On est du même pays tous les deux.

Pour la première fois, j'entrevois Emilia. Sa silhouette fuyant sur la route. Accompagnée d'une ombre, celle de mon père. Si je m'en tiens à la conviction qu'il est vivant, le mensonge d'Emilia à son amie d'enfance prouve que le couple a pris la décision de disparaître. D'après ce que Pietro m'a dit, mon père n'avait que des dettes de comptoir, des ardoises par-ci par-là, rien qui justifie de s'enfuir. C'est donc pour nous quitter définitivement, nous abandonner maman et moi, qu'il a manigancé cette histoire.

Cette certitude m'accompagne au seuil du sommeil.

Je la retrouve à l'aube.

## 26

Cette nuit, j'ai hurlé.

Gerbeau m'a secoué pour me réveiller avant que la chambrée ne proteste. Un regard me fixait dans mon sommeil. J'ai fait volte-face, mais deux yeux ronds étaient toujours posés sur moi.

C'est un regard comme je n'en ai jamais croisé. Je serais incapable de dire s'il est proche ou lointain mais, tout en paraissant aveugle, il semble voir. C'est impossible, je sais. Sa curiosité est infinie, glaçante. Parfois, l'esquisse d'un visage se dessine. Je n'en perçois que la pâleur diluée dans une sorte de brume. Et puis, la partie claire s'estompe et ne demeurent que les yeux qui me guettent.

J'étais en nage lorsque Gerbeau m'a réveillé.

— Tu faisais un cauchemar, m'a-t-il dit.

Moi, je crois que ce n'est pas un cauchemar. Plutôt un signe qui m'est adressé.

Il peut s'écouler une semaine sans que les yeux n'apparaissent. Je réussis même, à la manière dont je m'endors, à prévoir s'ils viendront m'observer au cours de la nuit ou me laisseront en paix. Je me pelotonne, les genoux remontés sur la poitrine, au bord de la paillasse, loin de Gerbeau pour ne pas le réveiller. Je résiste à la fatigue. Le plus longtemps possible. Et puis, vient le moment où je cède. Ce genre de rencontre est de celles qui vous retrouvent toujours.

Je crois comprendre. Ces yeux m'indiquent que je dois continuer à rechercher mon père. Je ne vois pas d'autre explication. Je pourrais, après ma rencontre avec Pietro et Delinda, m'estimer quitte, me contenter de la version d'Emilia. Rester avec cette image d'un homme se glissant derrière des murs de pisé sapés par le Rhône comme un comédien de foire se faufile derrière un rideau d'estrade. Mais cela ne me suffit pas. Je veux savoir. Je suis allé trop loin pour renoncer. Jusqu'à présent, certaines vérités nous laissaient tranquilles, ma mère et moi. Notre ignorance nous protégeait. Mes doutes leur ont redonné vie. Maintenant elles grouillent, nerveuses et colériques telles des vipères prisonnières dans un seau. Sauf à plonger la main pour les saisir et les libérer, elles y resteront.

Dans trois semaines, les limousinants vont reprendre la route des maçons, vers l'ouest cette fois. Dans notre chambrée souffle un air de gaieté. Mon oncle met mon indifférence sur le compte d'une joie trop forte pour l'exprimer. Il se trompe. Je ne retournerai pas aux Bois d'en Haut. Tant que je ne saurai pas ce qui s'est passé, je n'y reviendrai pas. Je le dois à ma mère. Et à moi-même.

Dimanche, je vais aller rue de l'Epée chez le plâtrier mouleur de statues religieuses. Il se trouvera bien dans sa réserve de bondieuseries un saint pour me venir en aide.

## 27

— Qui ça ?

— Pietro. Le mari de Delinda. On travaille sur le même chantier. Il fait du staff.

— Comment il va, Pietro ?

— Bien, monsieur Marchetti. Bien.

Sabastano Marchetti est assis sur un tabouret et fume sa pipe. Il s'est rasé et a mis ses habits du dimanche bien qu'aujourd'hui il ne soit pas sorti. Pas même à la messe. Par les fenêtres, au premier étage d'une maison qui donne sur la rue, on entend une femme crier en italien après des enfants. Il pleut. L'averse tambourine sur la toiture de la réserve en fond de cour où Sabastano profite de ses quelques heures de repos hebdomadaire.

Camille est debout au milieu d'une vingtaine de Vierges à l'Enfant et de saints en cours de finition. A côté, sont entreposés des bas-reliefs, type Parthénon, des corniches destinées à des plafonds et des moulages de biches, de chiens et de chats.

Rue de l'Epée, il a trouvé aisément l'atelier du figuriste sur plâtre. Sabastano est connu. Il peut même s'enorgueillir du titre de *formatore*. Il est capable non seulement de couler statues et bas-reliefs mais de créer de toutes pièces des moules. Il vient de Coreglia, un village de montagne dans la province de Luca en Toscane. Sabastano s'est spécialisé dans la fabrication de statuettes religieuses et d'ornements destinés aux intérieurs bourgeois et aux parcs. Ses colporteurs vont loin.

— Qu'est-ce que tu me veux ?

Le ton est méfiant. Depuis que son père, quarante ans plus tôt sous la Restauration, a été expulsé de France pour avoir vendu des statuettes représentant Napoléon, Sabastano est prudent. Il n'était pas plus haut qu'une statue de saint Joseph, mais la famille lui a tellement parlé de ce père raccompagné à la frontière par deux gendarmes, qu'il lui en est resté quelque chose.

Camille a préparé sa réponse. Il ne veut pas dire « Je cherche Giuseppe, votre colporteur » ou « Je cherche une femme, une Piémontaise, elle s'appelle Emilia ». Il se ferait rembarrer.

— Je m'appelle Camille Neuvialle. Je suis le fils de Pierre Neuvialle.

— Tu lui ressembles pas beaucoup.

— Je tiens de ma mère.

Sabastano replace sa pipe entre ses dents. C'est un homme à silences. Un de ces artisans qui passe plus de temps seul dans son atelier que sur les chantiers. Ce n'est pas qu'il n'aime pas ses semblables, Sabastano. Mais il les préfère éloignés. Il lui arrive encore de se rendre dans une église pour l'installation d'une de ses œuvres. Ou dans une demeure patricienne pour y déposer quelque ornement de plafond. Mais il n'apprécie pas le désordre qui règne entre les différents corps de métier. Ici, rue de l'Epée, c'est petit, modeste, mais ce monde est le sien. Les deux compagnons qu'il emploie sont aussi taiseux que lui. Aussi désireux que leur patron de rester dans l'ombre au moment de verser le plâtre dans les moules, de peindre la barbe de saint Barthélemy ou les boucles de l'agneau pascal.

— J'ai connu ton père.

Avant, lorsque Camille entendait cette phrase, son cœur s'affolait. Maintenant, il se méfie. Que peut penser un homme prudent et travailleur comme Sabastano Marchetti du fantasque Pierre Neuvialle ? Camille attend une suite à la phrase de Sabastano. Mais l'autre ne dit rien.

— Mon père est mort au cours de la crue du Rhône.

Le *formatore* crache entre ses pieds.

— L'eau a gâté tout mon stock ! Trois mille francs à la flotte. Tu imagines ?

— Oui, monsieur. J'imagine.

— Non, tu ne peux pas ! J'ai perdu des moules aussi, que je tenais de mon père et du père de mon père. Des moules que je ne peux plus refaire !

— Mon père vivait avec Emilia, une Piémontaise.

Camille guette une réaction sur le visage de l'homme. Mais le masque ascétique du figuriste ne bronche pas.

— Je ne savais pas que mon père vivait à Lyon avec une autre femme, monsieur Marchetti. Et ma mère non plus. Je vous jure, pour moi ça a été une découverte cruelle. Je veux savoir comment il est mort.

Tourné vers la cour, Sabastano regarde la pluie.

— Et alors ?

— Je veux parler de tout ça à Emilia. Seulement elle n'est plus à Lyon. Pietro m'a dit que votre colporteur Giuseppe l'aurait vue il y a deux ans…

A cet instant, Camille comprend que le vieux Marchetti sait depuis le début pourquoi il est ici. Pietro l'a prévenu.

— Giuseppe ?

— Oui, le colporteur Giuseppe…

Sabastano marche jusqu'à l'aplomb du rideau de pluie qui se déverse depuis le rebord de la toiture. Il est plus petit encore que ne le pensait Camille. Mais râblé, tout en nerfs et en muscles. Sur le bas de son pantalon noir, des traces de plâtre.

— Qui peut savoir où se trouve Giuseppe en ce moment ? dit Sabastano.

— J'ai pensé que vous connaissez les villes où il fait étape, les églises où il se rend. Peut-être pourriez-vous me décrire sa tournée.

— Qui te parle de tournée ? Giuseppe est libre ! Il marche et il avance. Il roule. Il ne tourne pas en rond. Où est-ce que tu es allé chercher ça ?

Camille ne baisse pas les yeux. C'est quelque chose que lui a appris le *regard*, ne pas baisser les yeux. Ça ne sert à rien.

— Je vais te dire parce que tu viens de la part de Pietro. Mais c'est bien pour ça et rien que pour ça. Giuseppe, il est du côté de Gap. Où ? Je n'en sais fichtre rien. Il repartira au printemps, parce qu'en hiver tu imagines bien qu'il ne peut rien faire avec la neige. C'est tout ce que je peux te dire.

— Gap ?

— Oui, par là-bas !

— C'est loin.

— Tu trouveras.

— Et Giuseppe ?

— Tout le monde connaît Giuseppe. Tu n'auras qu'à demander aux curés. Il les visite tous.

— Au printemps ?

— Qu'est-ce que tu crois ? Parce que tu viens d'Auvergne tu penses avoir inventé la neige ? Là-bas, c'est autre chose…

La perspective de rencontrer le colporteur s'éloigne. Le printemps, c'est si loin. Camille ne cherche plus à masquer sa déception. Il s'assoit sur un tabouret blanc de plâtre.

— Qu'est-ce que tu as ? demande Sabastano. Tu en fais une tête.

— Comment je vais attendre le printemps pour rattraper Giuseppe, monsieur Marchetti ?

— Tu n'as qu'à travailler ! Est-ce que tu crois que je m'arrête de travailler en hiver ?

— Oui, mais pour les maçons il n'y a pas de travail quand ça gèle. C'est pour ça qu'on rentre au pays.

Le vieil Italien hausse les épaules. Toujours ce mépris pour ceux qui sont exposés aux intempéries.

— Sur ce point, tu as raison. Nous, on est à l'abri.

Camille se relève, prêt à partir. Alors, Sabastano dit :

— Tu n'as pourtant pas l'air idiot. L'hiver n'arrête pas tous les chantiers de gros œuvre quand même !

— Je ne comprends pas.

— Et les tunnels ? Crois-tu qu'on cesse de les creuser parce qu'il neige, les tunnels ?

# 28

C'est fait. Je l'ai dit. Gerbeau ne m'a pas compris, mais je l'ai dit. Comment aurait-il pu ? Je ne lui en veux pas. Il ne s'y attendait pas.

C'était un dimanche soir, dans la chambrée. Je n'ai pas choisi que les autres assistent à la scène mais c'est comme ça que les choses se sont passées. Depuis quelque temps, dans le garni de la rue Thomassin, l'humeur était joyeuse. Tout prêtait à plaisanterie. Seule Edmonde était mélancolique.

Nous devions, dans les prochains jours, prendre la route des maçons. Chacun n'avait qu'une idée en tête : retrouver les siens, sa ferme et sa terre. Dans le garni, la plupart avaient déjà acheté des coupons de tissu pour les femmes, du tabac pour les anciens et des toupies pour les enfants. De quoi transformer son bissac en hotte miraculeuse.

Quand Gerbeau m'a demandé ce que j'allais offrir à ma mère, je lui ai dit :

— Je ne repars pas avec vous, mon oncle.

Gerbeau s'est redressé.

— Qu'est-ce que tu dis ?

— Je reste cet hiver. Nous nous retrouverons ici au printemps.

— Et qu'est-ce que tu vas faire ? Les chantiers sont arrêtés.

— Je vais travailler. Dans un tunnel… L'hiver n'empêche pas le gros œuvre sous les voûtes. Ils ont besoin de maçons. Et nous, aux Bois d'en Haut, il nous faut de l'argent. Ma campagne de goujat est trop maigre.

— Dans quoi ?

— Un tunnel. Il s'en construit partout pour les nouvelles lignes de chemin de fer. Ils ont besoin d'hommes.

— D'hommes ? Vous entendez ? Il a dit « hommes » !

Gênés, les autres se sont remis à parler à voix basse.

— Ce n'est pas possible ce que tu me racontes là. J'ai promis à ta mère de veiller sur toi. Après ce qui est arrivé à ton père, elle ne me pardonnerait pas.

Là, j'ai menti. Avec aplomb.

— Je lui ai écrit. Elle sait que je ne rentre pas.

— Elle a répondu ? Montre-moi.

— Non. Ma lettre ne demandait pas de réponse.

Gerbeau a soudain compris que je n'étais plus le gamin qu'il avait conduit ici quelques mois plus tôt. Je lui échappais. Il était consterné.

— Je m'en fous que tu aies écrit à ta mère ! Je me fous des tunnels ! Tu vas rentrer aux Bois d'en Haut ! Un point c'est tout !

Il hurlait. Marcel, alerté par les cris, était monté à l'étage et passait la tête par la porte. Mais Gerbeau ne s'en souciait pas. Il a avancé sur moi et m'a saisi par le revers de la chemise.

— Est-ce que tu m'entends ? Pauvre fou… Tu es bien le fils de ton père ! Tu n'en fais qu'à ta tête !

Toujours à imaginer des embrouilles, à foutre la vie des autres en l'air. Je le savais…

Sans me décramponner, Gerbeau a pris les autres à témoin.

— J'ai toujours su que ça arriverait un jour ! Tu parais marcher au pas mais dans ta caboche, ça gamberge. Jamais là quand on a besoin de toi. A rôder dans la ville quand on pourrait être ensemble… Tant que je serai ton oncle, tu resteras là où tu dois être ! A ta place !

Gerbeau serrait le col à m'étrangler.

— L'année prochaine, tu partiras, tu partiras pas, tu feras ce que tu voudras… Mais ce sera sans moi ! Cette campagne, on l'a commencée ensemble, on la termine ensemble. Je passerais pour qui au pays, moi, si je reviens sans toi ? Ça ne se discute pas !

Il m'a repoussé violemment et je suis tombé sur le plancher, à côté de la paillasse. Ma tête a heurté le mur. Un filet de sang coulait de ma tempe. Gerbeau était livide et se contenait avec difficulté. Deux de nos compagnons se sont approchés pour le raisonner.

— Ça va, a-t-il dit en reprenant son souffle.

A la manière qu'il avait de me regarder, j'ai compris que ce n'était pas moi qu'il avait bousculé, mais son beau-frère. Mon père. Cet homme insaisissable sur lequel il rêvait de porter la main depuis tant d'années. Ce lâche dont la conduite avait humilié sa sœur et toute la famille. Auquel, sans le savoir, je m'étais mis à ressembler.

Dans les jours qui ont suivi, les choses ont paru reprendre un cours ordinaire. J'ai acheté de l'indienne pour ma mère. Je l'ai rangée soigneusement dans mon bissac, ainsi que des aiguilles et du fil, car je savais qu'elle en manquait cruellement. Chacun de mes gestes était scruté. Gerbeau ne m'adressait plus la parole, la confiance était rompue. Une atmosphère lourde régnait rue Thomassin.

Nous travaillions alors sur un chantier rue Saint-Dominique. Un gros immeuble avec de lourds balcons au premier qui montaient à l'assaut de la façade en s'allégeant à chaque étage. Un jour, à l'heure de la pause, je suis resté avec les manœuvres tandis que mon oncle filait dans un bistrot avec les compagnons.

Lorsque j'ai vu sa silhouette disparaître au coin de la rue, j'ai rassemblé à la va-vite mes outils et je suis rentré rue Thomassin. Edmonde était seule dans sa cuisine.

Dès qu'elle m'a aperçu, elle a compris.

— Ne pars pas comme ça, Camille… Ils ne vont pas comprendre.

— Ne t'inquiète pas, Edmonde. Je sais ce que je fais.

J'ai grimpé les marches qui conduisent à la chambrée. Sur la paillasse, j'ai disposé l'étoffe, les aiguilles et le fil à coudre. J'ai laissé un papier sur lequel j'ai écrit « pour maman ». Mon sac était prêt, je l'ai jeté à l'épaule. Et je suis redescendu à la course.

— Edmonde, je pars

— Qu'est-ce que tu me dis là, mon enfant ?

— Voici ma campagne. J'ai gardé quinze francs pour tenir jusqu'à ce que je me fasse embaucher. Tu la remettras à Gerbeau pour ma mère.

Elle a saisi mon pécule, l'a glissé dans une poche.

— Dis-moi au moins où tu vas… Je ne le répéterai pas. Je te promets.

— Je serai de retour au printemps. Tu auras une place pour moi, Edmonde ?

— Tu es ici chez toi, mon cœur.

— Je pars creuser des tunnels. Si on te demande, tu pourras dire : « Ne le cherchez pas, il creuse. »

Un sourire triste a éclairé son visage.

— Adieu, Edmonde. Prends soin de toi.

Une fois dans la rue Thomassin, j'ai pressé le pas. Et tant que je n'ai pas eu franchi les barrières, à la sortie de la ville sur la route de Bourgoin-Jallieu, j'ai rasé les murs. Il faisait froid et la lumière déclinait vite. J'ai relevé le col du manteau acheté en septembre chez un fripier. Les maisons se sont faites plus rares. Plus aucune cheminée d'usine n'était en vue. Une diligence, que j'ai entendu venir de loin au son de ses grelots, m'a dépassé dans un nuage de poussière.

# 29

Il m'a fallu longtemps. Marcher longtemps pour ne plus m'enfuir, ne plus me retourner. Oublier Lyon et ses menaces. Alors seulement, j'ai eu l'impression d'avancer. Librement. Et la grande plaine du Dauphiné s'est offerte à moi.

Le premier soir, à la nuit tombante, je suis arrivé près d'un hameau entouré de marécages. Je devais apprendre plus tard qu'il s'agissait de L'Isle-d'Abeau. Je tenais à faire durer mon pécule et j'ai renoncé à entrer dans la seule auberge du village. J'ai continué quelques kilomètres sur la route de Bourgoin-Jallieu et je suis allé frapper à la porte d'une ferme. On accepta, après m'avoir fouillé pour s'assurer que je ne détenais pas d'allumettes ou de briquet, de me laisser dormir dans la grange. Devant mon air affamé, et bravant les grognements de son mari, la patronne m'a même servi la soupe.

— Notre fils se bat en Italie, me dit-elle. On n'a plus de nouvelles de lui depuis Solférino.

Toutes les granges se ressemblent. Cette nuit-là, les senteurs de foin et de paille se nouèrent en tresse pour me ramener aux Bois d'en Haut. A peine endormi, je percevais à côté de moi la présence de nos vaches et de notre âne remâchant leur fourrage. Dans mon rêve, je les caressais, me pressais contre leurs gros corps, passais la paume sur leurs naseaux, leur demandant pardon de les avoir abandonnés.

Au cœur de la nuit, j'ai senti une odeur de cendre froide. J'ai songé aussitôt à ma mère lorsqu'elle s'en revient de la lessive, à ce parfum posé sur sa peau qui me trouble depuis l'enfance. J'ai alors entendu « Jean », susurré aux lèvres d'un visage penché sur le mien. Un souffle sur mon front… Ma mère me suppliait de revenir aux Bois d'en Haut. De renoncer. « Tant pis pour le certificat de décès de ton père, disait-elle. Tout cela c'est du passé. Qu'avons-nous à faire du passé, Jean ? »

Les deux jours suivants, j'empruntai des chemins de traverse qui m'égarèrent et m'éloignèrent de la route menant à Grenoble. Les nuits, je demandais asile dans les fermes. J'avais encore davantage l'air d'un ouvrier que d'un errant, aussi m'accordait-on l'hospitalité. En retour, on attendait de moi des nouvelles de Lyon, des grands travaux qui s'y faisaient. Et même de ce qui se tramait à Paris. Je m'exécutais, trop heureux, moi qui n'avais plus personne à qui parler, d'entendre le son de ma voix. Et lorsqu'on me posait des questions auxquelles j'étais incapable de répondre, je n'hésitais pas à inventer, comme, je l'imagine, mon père l'aurait fait. Mieux que moi, naturellement. Avec la désinvolture dont il était capable dans ses paroles comme dans ses actes.

A l'approche de Voiron, je découvris un horizon de massifs montagneux couverts de neige. Brutalement, le temps vira au froid. Il se mit à neiger et bientôt je fus pris dans une tempête qui rabattait ses bourrasques depuis les cimes environnantes. Je n'y voyais plus rien. Je croisai une carriole filant au trot, éclairée d'un maigre fanal. Un cavalier me frôla et je demeurai quelque temps dans le sillage du tintement des fers de son cheval.

J'allais comme si je chutais dans un ciel d'hiver. Le brouillard effaçait jusqu'à l'existence de mes mains. Un grand silence m'accompagnait. J'aurais dû ressentir de la peur et m'arrêter. Tout au contraire, j'éprouvais une sorte d'exaltation. Un sens que je n'avais jamais sollicité me guidait. Une sorte de clairvoyance qui prolongcait mon esprit et décidait pour moi de la direction à prendre. J'accélérais le pas sans être essoufflé. J'étais comme ces migrateurs dont les cris venus d'un autre monde, la nuit, déchirent le ciel. Comme eux, j'affrontais l'inconnu, le vide glacé des nuages. Le vertige d'aller sans voir me remplissait d'une joie sauvage.

Au bout d'un temps que je ne peux évaluer, l'enivrement qui m'avait saisi disparut et je m'immobilisai, incapable de faire un pas de plus. Je me mis à grelotter. J'étais redevenu moi-même. Je discernai alors la masse grise d'une bâtisse qui bordait la route. Je m'approchai à tâtons d'une fenêtre chichement éclairée.

C'était une auberge.

J'en poussai la porte.

Une vingtaine de clients sont attablés dans la salle commune. Un feu crépite dans la cheminée qui occupe l'essentiel d'un mur. Une matrone, aidée de deux soubrettes, fait le service.

Je m'installe sur un banc. Peu à peu, mes mains et mes pieds se réchauffent. Je cesse de trembler. Le roulement des conversations, les éclats de voix, le fumet des assiettes me tirent de mon étourdissement. Une des servantes s'approche alors et me demande ce que je désire.

— Un bol de soupe, s'il vous plaît, mademoiselle.

A côté de moi, quatre hommes discutent avec un accent que je reconnais pour être celui du Plateau. Au bout d'un moment, n'y tenant plus, je leur dis :

— Je crois que nous venons du même pays.

— Tu es d'où, toi ?

— Des Bois d'en Haut… A côté de Gentioux.

— Et nous, du Compeix ! Ne reste pas tout seul ! Viens t'asseoir.

Je leur explique que j'ai fini ma campagne à Lyon et que je cherche de l'embauche pour l'hiver.

— On m'a dit que dans les tunnels, le travail continue à la mauvaise saison.

Ils me regardent, amusés. Ils sont trois frères et un cousin qui ont créé une entreprise de maçonnerie sous-traitant à la tâche. L'arrivée du chemin de fer multiplie la construction d'ouvrages d'art et ils ne manquent pas de travail. En ce moment, ils montent les piles d'un viaduc.

— Tu as de la chance, me dit le plus âgé. Tout près d'ici, à Voiron, il y a un tunnel en cours de percement. Six cents mètres de long. Le tunnel de Criel. Le terrain est friable et ils ont besoin de maçons pour construire la voûte. Va les voir, je suis sûr qu'ils te prendront.

Ils se mettent alors à parler du Plateau, de chez nous. Ils pourraient en parler tout le soir, toute la nuit. Tout le jour à venir tant ils portent en eux le mal du pays. Moi, je les écoute.

Simplement, je les écoute.

Rassuré à l'idée d'attendre les beaux jours au fond d'une galerie profonde et tiède.

## 30

— Qu'est-ce que tu sais faire ?

— J'étais manœuvre à Lyon. Je servais des maîtres maçons et des tailleurs de pierre. J'ai travaillé dans des couvents. J'ai aussi tenu des registres d'approvisionnement.

— Tu es limousin ?

— Oui, monsieur.

— Il y en a un peu partout sur la ligne. Mais sur ce chantier, ce sont des Italiens. Et des gars du Nord.

L'homme hésite. Il se lève, contourne sa table encombrée de papiers et de livres de comptes et se plante devant l'unique fenêtre de sa cabane en planches. Silencieux, il lorgne sur l'entrée du tunnel. La neige commence à moucheter. Une trentaine d'hommes s'active, extrayant de la gueule de l'excavation des chariots qui filent aux remblais de la voie en construction.

Cette histoire de goujat qui veut travailler l'hiver pour étoffer sa pelote, il y croit à demi. A cet âge, lorsqu'on a été éloigné de chez soi une année, on n'a qu'une idée en tête : revenir au pays. Alors, qu'est-ce qui peut faire courir celui-là loin de sa ferme ? D'un autre côté, le garçon lui paraît vif et fort. N'est-ce pas cela qui compte pour pelleter et remplir des wagonnets ?

— Pour l'instant, je n'ai qu'un poste au déblaiement. C'est un travail de terrassier. Un franc cinquante la journée. Nourri, logé. Le baraquement est à Brunetière, tout à côté.

Camille s'installe dans la baraque réservée aux terrassiers et aux maçons, tous originaires du Piémont et du comté de Nice. Les autres ouvriers sont des mineurs venus du Nord, employés au front de taille et à la manipulation de la dynamite. Ceux-là sont regroupés dans un autre dortoir. Une cantine permet aux hommes de ne pas avoir à se préoccuper de leur ravitaillement.

L'ingénieur en chef, responsable du percement, ainsi que son collègue topographe sont logés dans une maison louée par la compagnie dans le centre de Voiron, face à l'église Saint-Bruno. Les deux hommes partagent leur temps entre les visites sur le chantier et leur bureau de la place d'Armes. Là, l'étude des plans, le report des données collectées sur le terrain, la lecture des rapports géologiques les mobilisent une bonne partie de la journée.

Les mineurs sont répartis en équipes et travaillent, selon la dureté du rocher, soit à la barre à mine et à la masse, soit à la dynamite. Le principe consiste à forer des trous d'environ soixante-dix centimètres pour déblayer une *couronne*. Une brigade suit et fore verticalement pour décaisser le restant – la *revanche* – sur toute la hauteur. En retrait, les Italiens maçonnent la voûte.

Plusieurs fois par jour, le tunnel est évacué. Une explosion sourde se fait alors entendre au fond de cette bouche à feu qui crache gravats et poussière. Un mouchoir sur le nez, les manœuvres doivent, sans attendre, plonger dans la nuée et commencer leur travail de déblayage. Le percement des puits d'aération n'a pas encore débuté.

Il neigeait aux premiers jours de l'arrivée de Camille. En décembre, la neige recouvre toujours la campagne. Le froid accentue son sentiment de vivre reclus, isolé dans une bulle de pierre et de solitude. Ici, personne ne pourrait le retrouver. Comme son père, il est mort à ceux qui l'aiment. Loin de l'assombrir, cette certitude le délivre, le débarrasse de toutes les peaux qui le recouvraient.

C'est ainsi que l'hiver s'établit en lui.

Il n'écrit qu'une fois à sa mère. Une missive brève dans laquelle il indique que tout va bien. Il s'en tient à ce qu'il a dit à Gerbeau : il travaille au creusement d'un tunnel et retrouvera son oncle au printemps. Une lettre à laquelle il est impossible à Marie Neuvialle de répondre, Camille n'ayant mentionné aucune adresse.

Il ne déteste pas ce travail qui libère son esprit. Pelleter, soulever les blocs, pousser des chariots, charger des tombereaux, pour un temps ça lui convient. Lorsqu'il est au fond du tunnel, à une soixantaine de mètres de l'entrée, il prend plaisir à voir la neige tomber dans l'ogive de maçonnerie. Il lui semble alors observer le monde avec une lunette astronomique, un long tube aux parois de pierre, pointé sur une Terre inconnue.

Au fil des semaines, il se lie à la communauté des Piémontais. Assez vite, tant les langues sont sœurs, il les comprend et commence à parler. Lyon, la Guillotière reviennent régulièrement dans les conversations. A sa grande surprise, des noms d'hommes qu'il a rencontrés sur les chantiers, font surface. Son voisin de châlit connaît Pietro et Delinda. Il s'appelle Lazare. Et cette proximité scelle le début d'une amitié.

Lazare vient du comté de Nice. Il a vingt-trois ans et rêve de s'installer en France, à Lyon où l'un de ses cousins est établi plâtrier-peintre. Au printemps, il doit repartir à Turin, pour y apprendre le métier. Il espère, l'année suivante, créer sa propre entreprise à Lyon. Son parent, ayant plus de travail qu'il ne peut en traiter, lui assurera les chantiers nécessaires pour débuter.

Camille entre avec familiarité dans les rêves de Lazare qui ressemblent à ceux des limousinants. Et pourtant, ces songes ne sont pas les siens. D'ailleurs, Camille n'a aucune idée précise de ce qui pourrait un jour, comme pour Lazare, mobiliser toutes ses forces, l'animer au long de son existence. Aussi admire-t-il le jeune homme et tout à la fois le plaint-il de pouvoir, si jeune, exprimer ce que sera sa vie.

Le dimanche, les deux garçons montent à Voiron se réchauffer dans un café. Ils restent tout l'après-midi près d'un gros poêle, appliqués à ne pas se faire remarquer. C'est l'hiver. La fatigue de la semaine, un engourdissement bienheureux, la volonté de passer inaperçus, les rendent indifférents aux quelques provocations qu'ils essuient. Jamais ils ne se laissent prendre dans une bagarre à laquelle, en d'autres temps, ils participeraient avec la volupté des hommes forts.

Lorsque la nuit tombe et que les habitués du café se resserrent autour des tables, ils se lèvent, règlent leurs consommations et saluent. Sur le seuil, saisis par le froid, ils remontent le col de leur vareuse, arrondissent les épaules, tapent des pieds. Et prennent le chemin de Brunetière, tels deux frères allant dans la nuit d'un même pas en silence.

Bien avant d'arriver, ils repèrent en contrebas la fumée qui monte du tuyau de leur baraque. L'entrée du tunnel ouvre sa gueule noire dans la neige. Au loin, des contreforts montagneux barrent l'horizon. Lazare songe à Turin, de l'autre côté. A la jeune fille qu'il a laissée à San Stefano di Tinea et dont il rêve de faire sa femme.

Camille, lui, pense qu'il a froid.

Un vieux chat que Camille a réussi à approcher et qui se laisse maintenant caresser vient à sa rencontre. Dès qu'il voit ses deux yeux brillants le contempler, Camille s'agenouille. A l'écart, malgré le vent tranchant, Lazare attend. L'animal avance en ondulant, un peu sur le qui-vive quand même, vers la main tendue. Et soudain sous les doigts, le soyeux des poils, une tête qui se frotte.

Le ronronnement vient ensuite. Comme une réponse à l'immensité vide et glacée qui les enserre tous les trois.

# 31

Les charges de dynamite viennent à peine d'exploser et nous sommes déjà dans la poussière, en train de déblayer le front de taille. On n'y voit guère plus loin que nos pelles et la gorge et les poumons nous brûlent. J'ai encore dans la tête le grondement assourdissant qui vient d'ébranler la colline et de faire trembler le sol. Je distingue tout juste la silhouette de Lazare qui travaille à côté. Soudain, dans la pénombre, un craquement se produit dans la paroi rocheuse, au-dessus de moi. En même temps que je lève la tête, des mains me saisissent, me soulèvent et me projettent en arrière. Au moment où un rocher se décroche et roule sur l'emplacement que j'occupais l'instant d'avant.

Lazare vient de me sauver la vie.

Depuis, quelque chose nous lie, plus fort que la simple camaraderie. Les soirs, dans la baraque, nous aimons rester à l'écart des discussions et des parties de cartes. Nous bavardons à voix basse jusqu'à ce que la fatigue nous emporte. Grâce à Lazare je progresse en italien. Il me raconte son enfance sans que je puisse réellement m'en faire une idée précise si ce n'est qu'elle fut malheureuse. De mon côté, je lui livre des souvenirs d'école, des anecdotes de village, des facéties de veillées ressassées qui, à présent, me paraissent dérisoires. Je comprends alors que tout ce que j'ai vécu avant d'arriver rue Thomassin, sans que je m'en rende compte, s'est éloigné de moi. A un point tel que je ne trouve plus les mots justes pour en parler à mon ami.

J'en viens alors à mon père, sa double vie, sa disparition, ma colère. Lazare est le premier à qui je me confie aussi crûment. J'ai honte mais je ne peux me taire.

— Un père reste un père, dit-il.

Sur le coup, cette phrase me blesse. Comment peut-il ne pas comprendre que je suis là uniquement dans l'attente de me lancer sur les traces de Giuseppe ? Que je ne vis que dans l'idée de rattraper et de confondre les deux fuyards ? Et que seules la neige et la pluie me retiennent dans ce maudit tunnel ?

Le lendemain soir, comme je reste silencieux, Lazare revient sur son pays natal. Il insiste sur la rudesse de ses montagnes, un peu semblable à celle que je connais aux Bois d'en Haut. Sur la pauvreté désespérante des familles qui émigrent, pour certaines jusqu'en Amérique.

— Même si je dois passer des années à Lyon, je reviendrai au village. Je ferai construire une maison. Avec de la mosaïque et des plafonds moulurés. Des enfants courront un peu partout dans un grand jardin. Tu verras…

Et comme si tout ce qui avait été dit jusqu'à présent n'avait été énoncé que pour en arriver là, il ajoute :

— Tout ce que je fais, Camille, c'est pour Angela.

— Angela ?

— Ma fiancée. Si tu la voyais, Camille, tu en tomberais amoureux. Mais je ne le permettrais pas !

Je souris. Mais au fond, je suis triste. Non pas du bonheur de mon ami. Mais du vide que je ressens en moi. A dix-sept ans, je n'ai encore jamais éprouvé pour une jeune fille cette passion qui anime Lazare.

Ce n'est pas que je ne m'intéresse pas aux filles. Tout au contraire. Aux Bois d'en Haut, elles sont peu nombreuses et d'âge trop différent du mien, aucune n'a fait battre mon cœur. Aucune non plus, à ce que j'en sais, n'a versé de larmes en me voyant partir à Lyon. La disparition de mon père m'a exclu des fêtes, des veillées et de toutes les circonstances où les doigts des garçons et des filles s'enlacent furtivement. Ma mère m'a entraîné dans la solitude de son veuvage. Elle a tracé autour de nous un cercle funèbre. Mon isolement, elle n'a rien fait pour le rompre, au contraire. Comme si elle voyait en moi le fils de Pierre, destiné tôt ou tard à l'abandonner aussi.

A Lyon, il m'est souvent arrivé de croiser une silhouette à laquelle j'ai rêvé des jours et des nuits. Je me souviens d'un chantier près de la place Bellecour, une grosse maison bourgeoise. Le propriétaire venait deux fois par semaine avec l'architecte surveiller l'avancée des travaux. C'était un homme d'une cinquantaine d'années, l'air d'un notaire ou d'un commerçant établi. Il était accompagné d'une jeune fille en robe blanche et capeline à dentelle que je revois marcher en équilibre sur les planches surplombant les fossés de terrassement.

A son arrivée, le chantier s'interrompait. Les goujats cessaient de courir. Les maçons arrêtaient de crier.

Même le contremaître nous quittait des yeux. Tous, nous la regardions, le ventre vrillé de la savoir parmi nous et en même temps inaccessible.

De l'autre côté d'un mur infranchissable.

# 32

Un soir de janvier, à la cantine, Lazare annonce à Camille qu'il y a du nouveau.

— L'ingénieur m'a fait demander par le chef.

— Lequel ?

— Le jeune. Celui qui fait les relevés avec ses instruments.

— Qu'est-ce qu'il te voulait ?

— Il a besoin d'un aide pour régler son bazar. Planter les repères, tenir la perche… Je n'y ai rien compris.

— C'est une bonne nouvelle !

— Non. Je ne veux pas me compliquer la vie avec ça.

— Mais c'est intéressant, Lazare ! Bien davantage que de pousser des wagonnets. Tu apprendras des choses.

— Moi, la seule chose que je veux apprendre, c'est comment installer un plafond à l'italienne dans la maison d'un Lyonnais et lui faire payer le prix fort. Voilà ce que je veux apprendre.

— Alors ?

— Alors, je lui ai dit que j'avais la caboche trop dure.

— Ne dis pas de bêtise.

— Si, Camille, c'est la vérité. Je vais te dire quelque chose qui me fait honte, surtout par rapport à Angela. Je ne sais pas lire. Et je signe d'une croix.

— Je t'apprendrai.

Lazare sourit.

— L'ingénieur, je lui ai dit : « Non, mais je connais quelqu'un que ça intéresserait. » Il m'a dit : « Et qui c'est ? » Alors je lui ai répondu : « Camille Neuvialle. »

— Pourquoi tu as fait ça, Lazare ? Il fallait en profiter, toi !

— J'ai bien vu la façon que tu as de regarder lorsqu'il déplie son matériel, installe son truc à trois pattes…

— Le trépied.

— Place ses niveaux à bulle… Et le machin en cuivre qu'il sort d'une caisse en bois comme s'il portait les saints sacrements. J'ai repéré comme tu lorgnais dessus.

— Un théodolite[1].

— Comment tu le sais ?

— Je l'ai entendu une fois dire « le théodolite ». En passant avec mon wagonnet.

— Tu vois, je ne saurais même pas prononcer le nom de cette chose. Alors, la caler sur trois pieds…

Le lendemain, le chef de chantier fait appeler Camille dans sa baraque. L'ingénieur topographe se tient en retrait, debout près d'une chaise.

1. Instrument de géodésie muni d'une optique, destiné, en particulier, à l'évaluation des angles entre différents points de l'espace, des pentes et des levers topographiques de terrain. Depuis trois siècles, sous différentes évolutions techniques, il est l'outil de base des ingénieurs topographes.

— Monsieur l'ingénieur voudrait savoir si tu te sens capable de le servir dans ses relevés.

— Oui, répond Camille sans hésiter.

L'ingénieur a la trentaine. Costume serré, bottines cirées, lavallière et col blanc, cheveu noir et petite moustache, il affiche l'assurance des hommes conscients de leur savoir.

— Est-ce que tu sais lire, écrire et compter ? demande Charles Dupuit à Camille.

— Oui, monsieur.

— Combien d'opérations maîtrises-tu ?

— Les quatre, avec virgule.

— La règle de trois ?

— Oui.

— As-tu fait un peu de géométrie ?

— Je connais les cas d'égalité des triangles. Et mon maître d'école nous a appris à mesurer un arbre sans grimper dedans.

— Thalès… murmure l'ingénieur.

Ils commencent dès le lendemain.

Le matin, Dupuit arrive en fiacre de Voiron. Avec précaution, Camille sort de la voiture une caisse en bois vernis, le trépied et une sacoche de cuir.

Au fil des jours, il est autorisé à ouvrir la boîte. A l'intérieur, protégé comme une œuvre d'art ou un objet du culte, brille le théodolite. Tout est fascinant dans cet instrument : son socle en bois précieux, son plateau marqueté avec une boussole, son arc angulaire en cuivre qui brille au soleil. Et sa lunette gainée de métal doré. « Fabrication Berthiot, quai des Célestins à Lyon, dit Dupuit. Tu vois, c'est écrit là. Sérieux et classique. Bien assez performant pour ce tunnel. Pour les relevés plus délicats, la Compagnie met à ma disposition un Breithaupt. »

Une succession d'opérations débute alors, qui mobilise l'attention de Camille. Tout ce qui n'est pas dans le champ de visée de la lunette s'efface. Il ne voit plus Lazare et les autres charger et pousser leurs wagonnets. Il n'entend plus les coups de pioche heurter la roche. A peine la mine exploser. Cela dure deux, trois heures, selon la précision et la difficulté du travail. Pendant ce temps-là, Camille n'est plus terrassier. Ni même aux trousses de Giuseppe.

Au début, Charles Dupuit lui abandonne des tâches simples. A l'aide d'une chaîne d'arpenteur, il lui fait placer des repères sur lesquels Camille installe des balises. Camille devient ensuite porte mire pour l'opération de nivellement des surfaces et de mesure des pentes. Il déplace une grande perche graduée qu'il doit tenir parfaitement verticale. Tandis qu'à une trentaine de mètres, penché sur sa lunette, Dupuit lui fait des signes qu'il apprend à interpréter.

Comme il progresse vite, l'ingénieur lui confie l'opération délicate du calage horizontal du théodolite. Si la moindre erreur survenait, toutes les mesures effectuées se révéleraient fausses. Là encore, Camille se montre capable de la plus grande attention et bientôt Dupuit lui laisse installer l'appareil. Jetant quand même, à la dérobée, un regard sur ce manœuvre qui manipule son théodolite Berthiot avec plus de soin que s'il transportait un chandelier en cristal.

# 33

— Je te le donne ! C'est pour toi ! Garde-le !

Charles Dupuit tend un livre à Camille. Il pleut ce matin de mars. A l'intérieur du tunnel, le ronflement de la perforatrice est assourdissant. Insensible au vacarme, l'ingénieur s'amuse de la surprise du jeune homme.

Charles Dupuit a fait l'Ecole centrale des arts et manufactures, grande rivale de Polytechnique. Actif dans l'association des ingénieurs civils de France, il milite pour l'émancipation par les études, rêvant en secret d'une société plus juste.

Camille se saisit du livre.

— *Abrégé de géométrie pratique appliquée au dessin linéaire, au toisé et au lever des plans.* Tu vas trouver là-dedans toutes les bases mathématiques de ce que nous faisons ici depuis trois mois. N'oublie jamais : pour nous, hommes de l'art, tout part des mathématiques. Quand tu auras assimilé ces notions, tu passeras à la seconde partie : *Principes d'architecture et de la perspective.* C'est l'édition 1851. Je l'ai fait venir de Paris.

— Je vous remercie.

Charles Dupuit est content. Dans dix ans peut-être, ce Camille Neuvialle, après avoir suivi des cours du soir, sera maître d'œuvre sur un chantier de travaux publics.

Camille est embarrassé par le traité de géométrie appliquée. Certes, l'ouvrage le fascine et il rêve d'en comprendre les secrets. Cependant, le simple fait de l'avoir reçu des mains de l'ingénieur l'éloigne du destin commun des hommes du chantier. Bien sûr, après le souper, il pourrait travailler. Mais il lui faudrait alors renoncer aux conversations avec Lazare. Et l'idée de trahir leurs habitudes lui paraît cruelle.

Un jour, Lazare lui dit :

— On a tous vu que l'ingénieur t'avait donné un livre. Qu'est-ce que tu en as fait ?

— Je le garde dans mon sac.

— Tu ne le lis pas ?

— Quand pourrais-je le lire ?

— Je ne sais pas… Le soir, par exemple.

— Mais le soir, nous avons des tas de choses à nous raconter tous les deux.

— Tu crois que je ne t'ai pas vu feuilleter ton bouquin en douce ? Profiter du moindre instant de liberté pour y fourrer le nez ? Tu as peur de quoi, Camille ?

— J'ai peur de te blesser.

— Alors, tu es plus bête que ne le pense l'ingénieur. Et, dans ce cas, il a eu tort de te donner ce livre.

Cinq soirs par semaine, Camille reste travailler à la cantine. Il s'est acheté du papier, un crayon, une règle et une gomme. Dupuit lui a prêté une équerre et sa boîte à compas. Malgré la fatigue, la difficulté des leçons, la faiblesse de ses connaissances, Camille ne se décourage pas. Il accède à cette forme de sérénité que procure le bonheur, peu à peu, de comprendre.

Tard dans la nuit, lorsque les lignes se brouillent devant ses yeux, lorsqu'il est incapable de se souvenir de la dernière phrase lue, lorsque les figures géométriques ou les chiffres se mettent à danser, alors il souffle sur la flamme de la lampe. Il reste un moment immobile dans l'obscurité, attendant que son esprit recouvre un peu de calme.

Et puis il sort dans le grand silence de la nuit.

# 34

C'est sa dernière semaine de travail sur le tunnel. Camille l'a décidé le jour du mariage des oiseaux, à la Saint-Joseph. Tout à coup, il lui a semblé que plus rien ne le retenait ici.

— Tu vas repartir ? lui a demandé Lazare.

Camille a hoché la tête.

— Sur les traces du colporteur ?

— Oui. Je pense qu'il a repris la route.

Le jour même, Camille se rend dans la baraque du chef de chantier et lui annonce son départ. L'autre a l'habitude de ces hommes flottants, aujourd'hui là, demain ailleurs, aisément remplaçables. Et dont le vent plus que la raison semble guider les pas.

— C'est toi qui vois… Je vais te solder ton compte. Mais voilà justement monsieur Dupuit ! Tu vas pouvoir lui expliquer.

— Déjà ? dit l'ingénieur.

— Oui, monsieur.

— J'imagine que tu as tes raisons.

— Je vais vous rendre le livre, monsieur.

Charles Dupuit a un mouvement d'impatience.

— Est-ce que tu peux dire là, maintenant, que toutes les connaissances qui y sont exposées se trouvent en toi ? Bien rangées et disponibles pour la vie ?

— Non, monsieur.

— Alors tu vas me faire le plaisir de le garder ce livre ! Et je fais le vœu qu'il t'accompagne tout le temps que tu y trouveras quelque chose de neuf. Et aussi qu'il sera le premier d'une série d'autres ouvrages.

Ils s'interrompent. Une mise à feu est en cours et les hommes évacuent le tunnel. Camille acquiesce au moment de l'explosion.

— Eh bien, puisque c'est comme ça, ce matin, je vais te laisser effectuer la visée. C'est moi qui tiendrai la mire. Tu feras le relevé des cotes.

— Je n'en suis pas capable.

— Bien sûr que si !

Ils s'approchent de l'emplacement situé à une vingtaine de mètres à l'extérieur de l'entrée du tunnel. Camille place le théodolite sur son trépied. Charles Dupuit le regarde opérer. En quelques mois, les gestes de son apprenti ont acquis une sûreté qui impressionne le jeune ingénieur. Autour d'eux, les terrassiers reprennent le chemin du front de taille. Camille aperçoit Lazare au moment où il disparaît dans le nuage de poussière qui s'évacue lentement par la gueule du tunnel.

— Tu vas coller ton œil ici. Et regarder…

A cet instant, une détonation.

Un bâton qui n'a pas explosé avec les autres, pense aussitôt Camille.

Immédiatement des cris. Et puis, des hommes qui émergent de la poussière, titubant, le visage ensanglanté, les vêtements déchirés.

— Lazare !

Bousculant le théodolite qui tombe de son trépied, Camille s'élance. A mesure qu'il s'enfonce dans la pénombre, il croise des silhouettes au regard hébété, les mains sur les oreilles. Chancelantes.

— Lazare !

Lazare est étendu, face contre sol. Le dos recouvert de gravats. La nuque fracassée.

— Lazare…

Camille prend son ami dans les bras. Le retourne.

Ses yeux grands ouverts trouent le masque de pierre qui recouvre son visage.

# LA FRONTIÈRE

# 35

Pourquoi faut-il toujours que je m'en aille ainsi ? Comme ça. Tel un voleur. Avec une facilité qui rappelle celle de mon père décidant une nuit de disparaître de la surface de nos vies.

Toi qui rêvais, Lazare, de plafonds à l'italienne et de moulures dorées, te voilà enfoui sous une terre que tu détestais pour l'avoir piochée et remuée sans fin. Angela t'attendra. Tout comme les enfants qui devaient courir dans le grand jardin d'une maison qui ne sera jamais construite. Tes rêves sont ensevelis, Lazare. Ils ne peuvent plus s'envoler, leurs ailes sont froissées. Et nous qui t'aimions, nous avons perdu un peu de notre légèreté.

Deux autres corps ont été dégagés au fond de ce tunnel qui n'était rien d'autre que la bouche des enfers. Huit blessés ont été conduits à l'hôpital de Grenoble sur une charrette. J'avais déjà vu, à Lyon, des hommes tombés des échafaudages, gisant tels des pantins désarticulés sur le trottoir. Là, l'explosion a déchiré les chairs. Le sang coulait. Les survivants hurlaient. Ça m'a rappelé ce que les anciens des Bois d'en Haut racontaient des champs de bataille sur lesquels le Corse les avait entraînés.

Dès le lendemain, le travail a repris. Moi, je n'y suis pas allé. Je ne voulais pas voir leurs gueules. L'ingénieur en chef, le chef de chantier et même Charles Dupuit, ils sont tous responsables. Je n'en veux pas aux mineurs qui ont installé les explosifs et mal raccordé les cordons Bickford. Si les terrassiers n'avaient pas été obligés de retourner si vite déblayer le front de taille, le dernier bâton de dynamite n'aurait tué personne.

Il paraît que le théodolite a été expédié le soir même en réparation à Lyon.

A mon retour du cimetière de Voiron, je suis passé à l'écurie. J'ai caressé le poil rêche de chacune des mules. Je leur ai dit adieu. Leurs grandes oreilles ont battu à l'écoute de ma peine. Et puis, sans saluer personne, je suis parti. Beaucoup ont dû penser que j'étais un sale type. L'ange de la Mort venu passer l'hiver au côté de Lazare. J'étais déjà loin lorsqu'ils sont rentrés à la baraque.

Grenoble. Traversé sans un regard.

Et plein sud, sur la route de Gap.

Je me suis arrêté sur un pont enjambant un torrent. Les eaux, au sortir de l'hiver, cascadaient nerveusement. J'ai ouvert mon sac et j'ai pris l'*Abrégé de géométrie pratique appliquée au dessin linéaire, au toisé et au lever des plans*.

Jeté dans la rivière.

Que le courant le rapporte au Diable !

Est-ce à toi, père, que je dois cette facilité à me séparer des objets comme des êtres ? A me méfier des uns comme des autres. Est-ce là l'essentiel des valeurs que tu m'as léguées ?

Bel héritage !

Je me suis donné trois jours pour rallier Gap qu'une centaine de kilomètres sépare de Grenoble. La route se faufile entre des montagnes enneigées, franchit des cols venteux. A mesure que je dévale vers les Alpes du Sud, je me sens plus libre. J'ai mis une nouvelle distance avec les Bois d'en Haut, avec la rue Thomassin, avec le tunnel de Criel et la fosse commune de Voiron. Je suis jeune et vivant. Je sors de l'hiver. Rien ne m'arrêtera. Je pourrais même, si je voulais, abandonner la piste du déserteur et de sa complice, franchir la Durance, dévaler jusqu'à Marseille. Et m'embarquer.

La pluie a cessé. Le ciel, dans la journée, est d'un bleu métallique. Le printemps prend possession de la Terre. Je trouve à me nourrir à bon marché dans des auberges postées au long de la route. En des lieux tellement désertiques qu'on est surpris qu'il soit possible d'y commander une omelette, d'y manger une soupe et de parler un peu.

Je dors dans les granges.

Par un grand froid venteux, je viens de franchir le col de Bayard. La route est vide et aussi loin que porte ma vue, je suis seul. Ce vide me purifie. Il me le fallait. J'ai besoin d'être ainsi pour te parler encore, Lazare. Bientôt, ta voix se fera chuchotement, j'en oublierai le timbre. Ton visage et ta silhouette se fondront dans une grisaille plus opaque encore que celle qui régnait dans le tunnel. Je ne t'entendrai plus. Je ne te verrai plus.

Mon ami.

Tout au fond d'une large vallée fertile, Gap m'apparaît enfin, alanguie autour de ses places à fontaines et de ses églises. Là, personne ne m'attend.

Bats mon cœur.

Commence la chasse.

# 36

— Qu'est-ce que tu lui veux, mon fils, à Giuseppe ?

— Je travaille à Lyon, mon père. Son patron, monsieur Sabastano Marchetti, m'a embauché. Il voudrait que je comprenne comment Giuseppe s'organise dans ses tournées pour que moi aussi je prenne la route.

Le prêtre regarde Camille dans les yeux. Le vieil homme s'y connaît en mensonges. Il a même fini par apprécier les plus habiles, les mieux troussés. Dans le confessionnal, cela fait quarante ans qu'on lui sert des histoires à dormir debout. Certaines très bêtes. Des semi-vérités aussi. Et d'autres plus belles que la réalité. Autant d'affronts au Seigneur, bien sûr. Mais l'Eternel ne sait-il pas ce que chacun porte en son cœur ? Avec le temps, le vieux curé s'est fait à ces accommodements. Le mensonge naît de la crainte et la crainte est source de croyance. Alors, parfois même, il les encourage. Echapper à l'horreur des aveux relève à son âge d'une sainte prudence.

— Et tu porterais dans quelle région ? Giuseppe est très installé par ici, s'amuse l'homme d'Eglise. De Briançon à Digne, de Sisteron à Barcelonnette, il connaît mieux les cures que l'évêque. D'ailleurs, je ne crois pas qu'il souhaite arrêter son voyage. C'est un homme habitué à vivre ainsi. La dernière fois qu'il est passé me voir, il ne m'en a pas parlé…

— Je suis limousin, mon père. Monsieur Marchetti m'enverrait entre Clermont et Limoges…

C'est le premier prêtre qui semble pouvoir lui donner des informations. Camille a écumé la ville, ses chapelles, jusqu'à la confrérie des Pénitents blancs qui ne lui a pas ouvert ses portes. Il a même posé sa question, toujours la même car il a eu le temps de la peaufiner, au guichet des sœurs de la Providence et à celui des sœurs du Saint-Cœur. « Bonjour, ma sœur, je cherche à rejoindre le colporteur Giuseppe qui propose aux églises des statues de dévotion de nos saints et martyrs vénérés. »

Sans succès.

Pourtant, tout le monde sait qui est Giuseppe. En témoignent un peu partout, sur des supports accrochés aux murs chaulés des églises, des saints et des Vierges polychromes nés rue de l'Epée, dans l'atelier de Sabastano. Mais d'information précise sur son itinérance, aucune.

Découragé, Camille s'est rendu à la cathédrale d'Embrun. Il a interrogé deux prêtres. Aucun n'a été en mesure de lui indiquer la route du Piémontais. On lui a alors conseillé de revenir à Gap et de s'adresser au curé de l'église Saint-André-des-Cordeliers, cours Ladoucette.

— Ainsi tu voudrais rattraper Giuseppe pour aller avec lui et comprendre la manière qu'il a de nous vendre ses bondieuseries ? Tu veux apprendre son art de nous embobiner ? C'est cela ?

Camille ne sait que répondre.

Le prêtre prend Camille par le bras et l'entraîne dans l'église. Il marche d'un pas bref et saccadé et s'arrête devant chaque statue.

— Saint Acace d'Antioche, reconnaissable à sa couronne d'épines. Excellent pour guérir les maux de tête.

« Saint Blaise de Sebaste, tu vois ces deux cierges croisés tenus de la main droite... ? Lui, c'est les affections de la gorge. Je ne te présente pas saint Georges et son dragon... Maladies dartreuses. Essaie d'imaginer, au décompte des cierges qui brûlent à ses pieds, le nombre de mes ouailles qui souffrent de maladies dartreuses...

A chaque évocation, la main noueuse du prêtre se resserre sur l'avant-bras de Camille.

— Et sainte Cécile ! Très colorée, très gaie. Jouant d'un petit orgue dans un déhanché digne d'une bohémienne en train de danser. Fort réussie... Tu féliciteras monsieur Marchetti. Bien que j'aie l'impression que certains regards qui la couvent pendant la messe sont impurs.

Le vieil homme poursuit :

— Tu penses que le Seigneur a besoin de ces moulages pour que nous nous donnions à Lui ? Tu y crois, mon fils ?

— A quoi, mon père ?

— A ce fatras de plâtrerie bariolée ?

— Je ne sais pas, mon père.

Le curé sourit. Il s'écarte de Camille, et porte la main à l'emplacement du cœur sur sa soutane luisante.

— Ces effigies me font horreur. Elles sont en lisière de l'idolâtrie. Est-ce cela qu'on veut ? Mais monseigneur a décrété qu'il fallait revenir à un « art du sentiment » directement compréhensible par le petit peuple. Alors on fait rentrer les marchands du temple dans nos églises. Ton monsieur Sabastano Marchetti, je ne le connais pas. Mais c'est un marchand du temple. Et Giuseppe aussi.

Après une hésitation :

— Non, Giuseppe, ce n'est pas pareil.

— Vous savez, mon père, où il se trouve en ce moment, Giuseppe ?

Le curé sourit. Camille lui plaît, et il n'a pas l'intention de faire durer davantage la visite de son église.

— Oui, j'en ai une petite idée. Car, vois-tu, je n'aime pas son commerce mais j'apprécie Giuseppe. C'est un homme discret, avec qui on peut parler. Je vais même te dire une chose : sa carriole, il y a une semaine, était remisée ici, dans la cour du presbytère. Et son âne a dormi dans l'écurie que tu aperçois là.

— Alors ?

— Tu es bien pressé de rentrer dans la corporation des marchands, à ce que je vois. Dis-moi, cela fait longtemps que tu t'es confessé ?

Le vieux prêtre n'insiste pas.

— Ton Giuseppe sera à Barcelonnette dans trois jours. Il va voir le père Théus qui assure son apostolat depuis l'église Saint-Pierre. Il lui apporte une commande, un magnifique saint Hubert. La rage est réapparue dans la haute vallée de l'Ubaye.

« Mais écoute-moi bien…

« Tu devras franchir la Durance à Tallard. Tu verras un vieux château aux tours ruinées. Au bas, tu trouveras un pont en bois construit il y a à peine deux ans. Tous les autres, tu penses bien que la Durance n'en a fait qu'une bouchée et celui-là connaîtra le même sort. Mais enfin, pour l'instant, il tient. Après le pont, tu remontes la rive gauche de la Durance jusqu'à sa confluence avec l'Ubaye. Et là, droit vers l'est. Mais à partir de ce moment, attention ! Plus de route.

# 37

Depuis que j'ai quitté Gap, je n'ai qu'une idée : arriver à Barcelonnette avant que Giuseppe ne se soit envolé. Je vais à marche forcée par des vallées désertes et froides. La nuit, je dors dans des anfractuosités de rochers. Pendant mon sommeil, haché de réveils en sursaut, je ne cesse d'entendre l'Ubaye cogner contre ses berges encaissées. Si la mort me prenait là, personne ne me retrouverait. Les bêtes dépèceraient mon corps, disperseraient mes membres. La terre, la pluie et la neige effaceraient le peu qu'il resterait de moi. Pour tous, j'aurais rejoint mon père dans le néant.

Une nuit, des pierres se sont détachées à quelques mètres et ont roulé jusqu'à la rivière. Le souffle retenu, j'ai guetté le pas qui avait déclenché l'avalanche. Chaussures ferrées ou sabots d'animal ? Je n'aurais su dire.

Et puis rien.

Le chemin de muletier que je suivais depuis la confluence de la Durance et de l'Ubaye s'est enfoncé dans une forêt de vieux mélèzes. Au bout d'une heure de marche dans cette futaie sans lisière, le sentier s'est effacé. Les rochers qui le bordaient ont peu à peu disparu comme si la voie s'enfouissait sous terre. Et bientôt je n'ai plus discerné aucune trace.

La fatigue s'est emparée de moi. Des ombres passaient devant mes yeux, mes jambes tremblaient. Je me suis effondré sur le sol couvert d'aiguilles, recroquevillé comme un homme qui pare des coups de pied au ventre. Le grincement des branches les unes contre les autres, le roulement du vent dans les cimes se sont estompés. Respirant à peine, incapable du moindre mouvement, je ne désirais plus rien.

Des souvenirs sont remontés en surface. Cet instant, dans le châtaignier creux, où j'avais compris que mon père ne reviendrait plus. Ma mère me serrant contre elle lorsque Gerbeau a dit : « Le Rhône a emporté ton mari, ma sœur. » Je ne suis plus aujourd'hui le gamin d'alors. Et pourtant là, au pied de cet arbre, j'aurais donné tout ce que je possédais pour pouvoir pleurer. Mais les larmes, depuis trop longtemps retenues, avaient perdu le chemin de mes yeux.

Combien de temps suis-je resté prostré ? Je ne sais pas. Peu à peu, mon souffle s'est apaisé.

Et, de nouveau, le chant des oiseaux.

Ma première pensée est allée vers mon père. Je me suis soudain demandé si je voulais vraiment me retrouver face à lui. Sans autre chose à lui jeter à la figure que mon chagrin d'enfant trahi.

J'ai remonté le chemin par lequel je pensais être arrivé. Je cherchais la trace de mes pas. Scrutais les troncs, l'entrelacs de leurs branches, en quête de brisées qui m'indiqueraient que j'étais passé par là.

Je suis arrivé brusquement en lisière de la forêt de mélèzes. Ou plutôt, l'écran des arbres s'est soudain déchiré sur des vallonnements d'herbes rêches et de versants arides, bornés à l'horizon par des sommets enneigés. Non loin, une route serpentait à flanc de montagne.

Une heure plus tard, en vue d'un gros bourg, j'ai demandé à des enfants qui jouaient près d'un lavoir, comment s'appelait cette ville.

— Barcelonnette, m'ont-ils répondu.

Il fait plein soleil lorsque je traverse la place Manuel. J'ai soif et l'eau claire et glacée de la fontaine centrale éteint ma fièvre. Je regarde les façades pimpantes, les ruelles ensoleillées, cet air de Provence que je découvre. En levant la tête, je vois une croix perchée dans le ciel au sommet d'un clocher. Quelques instants plus tard, je franchis le parvis de l'église Saint-Pierre.

— Comment va-t-il ? me demande le père Théus à propos du curé de Saint-André-des-Cordeliers.

— Bien, mon père.

— Il t'a présenté ses saints en plâtre, n'est-ce pas ?

— Oui.

— Toujours en colère, je suppose, contre nos ouailles qui voient en nos Bienheureux des puissances thaumaturges. Moi, je pense qu'il faut s'accommoder des mentalités. Viens, je vais te montrer notre dernière acquisition.

Le père Théus m'entraîne dans la sacristie. Sur une table, une statue sortie de l'atelier de Sabastano

Marchetti trône en majesté, représentant le saint patron, un cerf à ses pieds. Ce moulage polychrome, haut de presque un mètre, est la preuve de l'existence de Giuseppe. Un signe concret abandonné sur son chemin.

— Saint Hubert… Lorsqu'ils ont été mordus, nos pauvres paysans de l'Ubaye n'ont de secours à espérer que de lui.

— C'est Giuseppe qui l'a livrée ?

— Tu connais Giuseppe ?

— Je suis à sa recherche, mon père. Je dois lui parler. Le père de Saint-André-des-Cordeliers m'a dit qu'il devait faire étape à Barcelonnette. Est-il encore là ?

— Tu le manques de peu, mon fils. Il a déposé saint Hubert hier au soir. Il a dû quitter Barcelonnette ce matin, à moins qu'il ne se soit attardé en ville. Si on lui en passe commande, il porte du fil, des aiguilles, du tissu, des peignes, des mouchoirs, des rubans, dans un grand sac au fond de sa carriole. Jamais de livre, il me l'a juré. Un jour, je lui ai demandé « Qu'est-ce qu'il y a dans ta besace, Giuseppe ? » Tu sais ce qu'il m'a répondu ?

— Non, mon père, mais…

— Il m'a répondu : « Père Théus, ce sont des objets qui ont le pouvoir d'adoucir la solitude du pauvre colporteur. » Tu entends, mon fils ? Quelle effronterie !

— Dans quelle direction est-il allé, mon père ?

— Qui ça ?

— Giuseppe.

— Il est monté vers Jausiers. Et à partir de là, je ne peux pas te dire s'il a continué par le col de Larche ou s'il a pris par le sud vers les Granges…

— Merci, mon père !

## 38

Au loin, Camille aperçoit un homme à côté d'une carriole, au bord du chemin. Le type paraît attendre un secours dont on ne comprend pas, dans cette immensité pelée et caillouteuse, d'où il pourrait venir.

— Te voilà enfin, murmure Camille.

A mesure qu'il approche, Camille découvre un type râblé, la barbe drue et noire, coiffé d'un chapeau de feutre déformé par le soleil et la pluie. Giuseppe est assis sur une pierre. Les coudes sur les genoux, scrutant le sol entre ses pieds, il paraît plongé dans une réflexion intense. Sous la bâche de la charrette, Camille repère deux Vierges à l'Enfant, un saint Georges et son dragon. Un saint Louis Marie Grignon de Montfort, crucifix main droite et chapelet enroulé autour du poignet gauche. « Notre meilleure vente », lui avait dit Marchetti.

— Bonjour. Je m'appelle Camille Neuvialle.

Giuseppe lève la tête.

— Et vous, vous êtes Giuseppe, poursuit Camille.

— Comment tu le sais ?

— Je voulais vous voir. Cela fait des jours que je marche dans vos pas.

— Eh bien, tu me vois. La belle affaire !

Giuseppe détourne les yeux. Il en sait assez. Il n'est pas en présence d'un douanier ou d'un argousin en civil. Ni d'un mari trompé ou d'un frère déshonoré. Ceux-là, il les reconnaît au premier coup d'œil. Il y a tant de situations périlleuses pour un colporteur.

Camille s'assoit sur une pierre à côté du bonhomme.

— C'est Sabastano qui m'a dit que vous iriez par là. Et puis aussi le curé de Saint-André-des-Cordeliers.

— On ne peut rien leur dire, à ceux-là... Tu connais le vieux Sabastano ?

Camille acquiesce. Les deux hommes se laissent du temps. Rien ne presse. Ils sont seuls dans un désert de pierrailles enserré de montagnes encore neigeuses. Camille ne veut rien brusquer. Giuseppe est trop habile pour se laisser prendre au filet des mots.

— Votre âne ? Je ne le vois pas.

Giuseppe crache sur le sol.

— Crevé d'un seul coup. Au bord du chemin. Un râle et tombé entre les brancards. C'est une façon de mourir, ça ?

— Où est-il ?

— Je l'ai poussé à l'écart. Un petit croix de saint André, tout gris. Mais courageux ! Il ne se plaignait jamais. C'est que c'est lourd à tirer, ces bondieuseries. Je peux t'assurer qu'on en a vu du pays tous les deux. Je crois bien que sa paire d'oreilles est celle à laquelle j'ai le plus parlé ces dix dernières années. Ça m'a fait quelque chose qu'il finisse comme ça... Et toi, qu'est-ce que tu me veux ?

— Je suis le fils de Pierre Neuvialle qui vivait à la Guillotière avec Emilia, une Piémontaise. D'après cette femme mon père s'est noyé au cours de la dernière grande crue. Pietro, le staffeur, m'a dit qu'un jour vous avez rencontré Emilia. Sur la route.

— Tu fais le maçon à Lyon ?

— Oui. Je loge rue Thomassin. J'ai rencontré Pietro sur un chantier.

— Et tu veux savoir si j'ai une idée de l'endroit où allait la belle Emilia ? C'est ça ?

— Si elle était seule aussi.

— Qu'est-ce que tu veux dire ?

— Si mon père était avec elle lorsque vous l'avez rencontrée.

— Mais tu m'as dit qu'il était mort.

— C'est la version d'Emilia.

— Et ?

— Moi, je ne la crois pas. Je crois qu'ils se sont enfuis tous les deux.

— L'amour… Ça en fait faire, dit Giuseppe.

Au sud, l'horizon d'un bleu myosotis attire le regard des deux hommes.

— Tu as déjà vu la mer ? demande Giuseppe.

— Non.

— Alors tu n'as rien vu.

Le temps passe, Giuseppe ne dit rien. Camille commence à douter que le colporteur ait rencontré Emilia. Et même, au cas où il l'aurait croisée, qu'il ait l'intention de parler.

— On va passer un contrat tous les deux.

— Un contrat ?

— Oui. Tu vas te mettre à la place de mon âne. Tu notes que je ne te dis pas que tu vas le remplacer, parce que ça, tu ne pourrais pas. Et moi, je te parlerai d'Emilia.

— Vous voulez que je tire votre carriole ?

— Oui. Que tu fasses le travail de mon âne. C'était une brave bête, tu sais. Tu hésites ? Sur les chantiers il t'est bien arrivé de te mettre entre deux brancards. Les carriers n'en font pas toute une histoire.

— Je n'en fais pas une histoire !

— Bon, alors c'est entendu. Tu peux accrocher les licols sur les épaules, ça t'aidera pour tirer. Si nous ne traînons pas, je connais une grange d'alpage dans laquelle nous pourrons passer la nuit.

Et sans se retourner, le colporteur se met en marche.

Derrière lui, l'essieu de la carriole grince de nouveau.

## 39

Trois jours que Camille remplace l'âne de Giuseppe. Le colporteur n'a pratiquement pas desserré les dents. Pas même au col des Granges lorsqu'ils ont aperçu des loups. Ils vont en silence, ne rencontrant âme qui vive, couchant dans des granges. Et les rares bergers qui, de loin, aperçoivent dans la carriole les statues aux couleurs merveilleuses, se signent à leur passage.

Un matin, Giuseppe s'arrête devant une borne maçonnée au bord de la route.

— Ici, c'était la frontière. On va faire une pause.

— Quelle frontière ?

— Avec le comté de Nice. Mais depuis quelques mois, le pays est passé à la France[1]. La frontière suivait la ligne de crête. L'imagination des hommes, tout de même…

Giuseppe sort de son sac une miche de pain et du saucisson qu'ils se partagent. Devant eux, le regard se

1. Le 24 mars 1860, Napoléon III et Victor-Emmanuel II signent le traité de Turin. En échange d'une aide militaire de la France contre les Autrichiens et d'un soutien dans le processus d'unification de l'Italie, la France reçoit le comté de Nice et le duché de Savoie.

perd à l'horizon sans rien pour l'arrêter, se dilue dans une lumière brouillée par la chaleur montée de la pierraille calcaire. Un vent frais, bien que venu du sud, glace le corps en sueur de Camille.

— J'ai rencontré Emilia à Barcelonnette. Il y a quatre ans et dix mois…

C'est la première fois que Giuseppe évoque Emilia.

— Je la connaissais bien, Emilia. Elle habitait pas loin de chez ma sœur, à la Guillotière. Nous parlions souvent du pays. Parce que moi aussi, je suis piémontais. Sinon pourquoi Sabastano me ferait confiance, hein ?

« Lorsqu'elle s'est mise en ménage avec ton père, il y a dix-huit ans, cela a beaucoup fait parler. Et pas seulement à la Guillotière ! Dans la Valsesia aussi, d'où elle venait. Surtout que ton père l'avait enlevée à des bonnes sœurs qui ont frappé aux portes pour essayer de la récupérer. Chez nous, les religieuses, c'est sacré.

« Avec le temps, l'affaire s'est tassée. Emilia a tiré un trait sur sa famille. Son homme était auprès d'elle neuf mois par an. Ce n'était pas si mal si elle songeait à ses cousines restées au pays et qui étaient mariées à des plâtriers, des peintres ou des céramistes travaillant chaque année à Lyon.

Giuseppe se relève. Il referme son couteau d'un geste sec et se remet en marche sans un mot, laissant à peine à Camille le temps de sauter entre les brancards et d'enrouler autour de ses épaules et de son torse le licol imprégné de suint.

Le soir, à un embranchement, Giuseppe fait prendre à droite. Un quart d'heure plus tard, l'attelage s'arrête devant une chapelle à l'orée d'une pinède. Le colporteur tire une clef de sa poche et ouvre la porte.

— Apporte-moi la Vierge. Celle de soixante-dix centimètres avec un manteau bleu.

Camille s'exécute.

— Le curé d'Entraunes m'a demandé de l'installer dans cette chapelle qui n'est ouverte que deux fois par an pour des dévotions à une source.

Et comme il n'y a aucun abri à des kilomètres à la ronde, Giuseppe décide de dormir dans l'église.

— Normalement, je n'aurais pas fait rentrer mon âne. Mais toi, ce n'est pas exactement pareil. Installe-toi.

Enveloppé dans sa pèlerine, le colporteur s'allonge à même les dalles. Presque aussitôt, Camille l'entend ronfler. Rompu de fatigue, il rapproche des chaises paillées sur lesquelles il s'étend.

Au milieu de la nuit, il entend la voix de Giuseppe :

— Elle n'a pas été franchement heureuse de me rencontrer, Emilia. Je dirais même qu'elle faisait grise mine quand nous sommes tombés nez à nez, un jour de marché, à Barcelonnette. Elle avait changé. C'était quelques mois seulement après la crue qui a ravagé la Guillotière. La place Manuel était pleine de monde. Emilia était sur ses gardes. Les gens traqués, ce n'est pas difficile de les repérer, moi, je les reconnais à dix pas.

« Elle a brusquement tourné la tête. Comme si elle avait deviné ma présence. "Giuseppe !"a-t-elle crié. J'ai souri car je l'aimais bien, Emilia.

« Elle est venue vers moi. Elle était inquiète. J'ai compris qu'elle craignait que je voie la personne qu'elle attendait. Elle m'a entraîné à l'écart de la foule.

« Elle m'a raconté qu'elle ne retournerait pas au pays, dans la Valsesia. Ses parents ne voulaient plus entendre parler d'elle et lui avaient même interdit de venir sur leur tombe. "Où vas-tu alors, Emilia ?" Elle m'a dit qu'elle ne savait pas encore. Peut-être quelque part au nord du comté de Nice. Car, à cette époque, c'était le comté de Nice. Maintenant, va savoir…

« En tout cas, par là-bas.

Et, dans l'obscurité, Giuseppe tend le bras vers l'Italie.

## 40

— C'est ici qu'on se sépare, dit Giuseppe. Tu vois le village tout au fond.

— Non…

— Moi, je vais là. Ça descend toujours pour y arriver. Ton travail de bât est terminé. Je connais un mas où acheter ton remplaçant. Après, je remonte sur Sisteron.

— Mais vous n'avez pas fini de me dire, pour Emilia.

— Tu m'as demandé si je l'avais rencontrée, je t'ai répondu.

— C'était dans notre contrat, Giuseppe. Vous deviez m'aider !

— Qu'est-ce que tu veux savoir ?

— Elle n'était pas seule, n'est-ce pas ? Mon père, vous l'avez vu ?

— Si tu le sais, pourquoi tu me le demandes ?

— Vous l'avez vu ?

— Quand on s'est quitté à Barcelonnette, je suis resté un moment sur le marché. J'étais curieux de savoir quel beau merle attendait Emilia. Je les ai aperçus tous les deux qui quittaient la ville. L'homme portait un sac sur le dos et une valise à la main…

— Et alors ?

— C'était ton père.

Sous le coup, Camille s'appuie à la carriole.

— Je vais te dire... A les voir filer comme ça, j'ai eu de la peine pour eux. C'est toujours triste, des fugitifs.

— Où allaient-ils ? Vous avez une idée, Giuseppe ?

Comme le colporteur reste silencieux, Camille hurle :

— Je suis sûr que vous savez ! C'est mon père, après tout !

— Ça ne te donne aucun droit sur lui... Je vais quand même te dire une dernière chose parce que tu as bien tiré ma carriole, sans te plaindre et que tu es sobre. Normalement, je ne devrais pas mais je sens bien que si je me tais tu vas tourner en rond toute ta vie comme quelqu'un qui ne saurait pas bien comment il s'appelle.

« J'ai revu Emilia.

— Où ?

— Il y a deux ans. Dans une petite ville à la frontière du comté de Nice et du royaume de Sardaigne. Maintenant, où est-elle, cette bourgade ? Elle n'a pas changé de place mais, avec ces frontières qui dansent, on ne sait plus où l'on se trouve. Je livrais un saint Ambroise. Tu sais, le modèle avec une ruche posée sur la Bible. Une pièce sur laquelle Sabastano se fait un beau bénéfice, Dieu lui pardonne. Des apiculteurs, il y en a partout, n'est-ce pas ? Voilà, j'étais dans une chapelle latérale. L'église était vide. Et soudain je vois passer Emilia. Elle portait une brassée de fleurs, ne me demande pas quelles fleurs. Elle est allée les placer dans un vase au pied de l'autel. Elle ne me voyait pas, je m'étais reculé dans l'ombre. Une génuflexion, le signe de la croix et elle est ressortie.

— Elle était seule ?

— Bien sûr qu'elle était seule ! Qu'est-ce que tu crois ?

— Et ensuite ?

— Ensuite, rien. Si. Une certitude.

— Laquelle ?

— La femme que j'avais vu changer les fleurs n'était plus une fuyarde. Elle vivait là, à demeure.

— Et comment elle s'appelle, cette ville ?

— Vinadio. A deux journées de marche de Saint-Etienne-de-Tinée.

## 41

Camille hésite.

Il est arrivé ce matin à Saint-Etienne-de-Tinée. Et c'est seulement en passant devant le couvent des Trinitaires qu'il s'est souvenu. Comment n'a-t-il pas fait plus tôt le rapprochement ? Quel idiot ! Santo Stefano di Tinea, le bourg dont lui parlait Lazare. A moins d'un kilomètre à la sortie de la ville en remontant la Tinée, le village où vit Angela.

Mais Camille n'est plus qu'à deux jours de marche de Vinadio où se cachent son père et Emilia. Il sait qu'il devrait partir. Sans perdre un instant. Mettre un terme à la traque commencée à Lyon et qui l'a entraîné si loin.

Il s'engage sur la passerelle qui franchit la rivière. Le chemin qui longe l'amont suit le versant ombragé de la vallée. Le jeune homme relève le col de sa veste. Il a encore maigri depuis sa rencontre avec Giuseppe. Son sac bat au creux de ses reins. Sec comme un loup, dirait sa mère.

Lui, jamais il ne s'est senti aussi léger.

Aussi libre.

L'idée le trouble de se trouver face à celle dont Lazare lui a tant parlé. Pour tout dire, il est curieux. Comment une fille peut-elle inspirer autant d'amour, orienter toute une existence ? Cela reste un mystère.

Bientôt, il arrive au pied d'une cascade qui ruisselle de la falaise surplombant le sentier. Il se dissimule derrière un rocher et observe le hameau. C'est donc là que s'était posé le rêve de Lazare ? Au milieu de quelques fermes aux toits à débords, accrochées dans les pentes. Où est-il, mon ami, le terrain pour construire ta demeure ? Camille cherche. Il ne voit que des herbages tapissant les flancs de la montagne puis cédant en altitude à des forêts noires et drues. Et le jardin dans lequel devaient courir tes enfants, où l'imaginais-tu ? Avec sa balançoire et ses allées fleuries dont tu me parlais le soir dans notre cambuse.

Mais Camille ne voit rien.

— Bonjour.

Le gosse lève le nez vers Camille. Effrayé, il tourne les talons et s'enfuit vers sa maison. Presque aussitôt sa mère apparaît sur le seuil. La lumière l'éblouit et elle porte la main en visière à son front.

— Bonjour, madame !

Camille s'avance d'un pas mesuré.

— Je cherche une jeune fille. Angela. J'étais un ami de Lazare. On travaillait tous les deux dans un tunnel. Vers Grenoble.

— Lazare ?

— Oui, madame.

— Il est mort, Lazare, en creusant un tunnel.

— Oui, madame. Dans mes bras…

Le regard de la femme change.

— Vous voulez voir Angela ?

— Oui, madame. Avec la permission de ses parents.

— Ils ne sont pas là. Partis à l'affouage.

Elle indique un point dans la montagne.

— Et la petite est à la ville. Elle…

La paysanne cherche ses mots. Son gamin, accroché par-derrière à ses jupes, passe de temps en temps la tête par le côté.

— *Dimmi… forse capirò…*

— *Arriverà presto. Se l'aspetta lungo la via, la vedrà apparire*[1].

— Je vous remercie.

Camille redescend le sentier qui mène au bourg. En quelques minutes, le voilà revenu à hauteur du ponton. Il s'assoit sur un tronc abattu, au milieu d'une flaque de soleil.

Autour de lui, c'est un bourdonnement de chants d'oiseaux et d'abeilles. Le printemps pousse son front. Les sommets encore enneigés rendent plus limpide le bleu du ciel. A quelques centaines de mètres, les maisons de Saint-Etienne-de-Tinée se serrent les unes contre les autres, rassemblées dans la vallée étroite comme entre les paumes de deux mains entrouvertes.

Bientôt, il aperçoit en aval une jeune fille qui remonte l'autre rive. Une longue jupe noire, un corsage blanc, une allure déliée. Que son pas est léger, songe Camille.

1. — Dites-moi… Je comprendrai peut-être.

— Elle ne va pas tarder. Si vous attendez sur le chemin, vous la verrez paraître.

Arrivée sur la passerelle, elle s'arrête contre la rambarde et se penche sur l'eau. Puis elle se redresse et attrape une petite branche dans le feuillage d'un arbre incliné sur le parapet. D'un geste vif, elle la brise et, après une hésitation, la lance dans la rivière. Camille se revoit soudain jetant son *Abrégé de géométrie pratique* dans le cours d'un torrent. Et la similitude de leurs gestes le trouble profondément.

Toujours accoudée contre la balustrade, dans l'ignorance d'être observée, elle reste songeuse. Camille n'ose plus bouger. Il ne voudrait pas l'effaroucher. Ce qu'il souhaite, c'est la découvrir. Comprendre ce qui en elle rendait Lazare si émouvant, si démuni. Tellement fort.

# 42

Je me lève de la souche sur laquelle je suis assis au soleil et je m'avance. Appuyée contre le parapet du pont, elle tourne la tête vers moi.

— Bonjour, mademoiselle.

Elle me dévisage sans rien dire.

— J'étais un ami de Lazare... Je travaillais avec lui sur le chantier du tunnel, à Voiron. Tout l'hiver. Nous étions dans la même chambrée.

Je cherche à combler le silence qu'elle me renvoie. Non pas un silence gênant, plutôt un vertige. Mais ce que je lui dis paraît ne pas l'intéresser. Et soudain, rompant notre face à face, elle me contourne et d'un pas leste s'engage sur le sentier.

— Mademoiselle, écoutez-moi ! Je viens de loin. Chaque jour, il me parlait de vous. Je vous en prie.

Elle fait volte-face.

— Je vous écoute.

— Je voulais...

— Quoi donc ?

— Je voulais vous dire que le jour où Lazare... j'étais là. J'ai vu...

— On ne voit pas la mort. Alors, que me voulez-vous ? Vous n'avez pas fait tout ce chemin pour me dire ça.

— Je…

— Oui ?

— Je voulais vous connaître.

Comment cette phrase a-t-elle pu venir à mes lèvres ? Je reste stupéfait. Elle le voit et son expression se radoucit.

— Je vous demande pardon, mademoiselle, ce n'est pas ce que je voulais dire. Vous étiez sa fiancée, je ne voulais pas vous blesser.

— Comment ça, sa fiancée ?

— Lazare m'avait tout dit. Votre mariage l'été prochain. Vos projets d'installation à Lyon.

— Mais qu'est-ce que vous racontez ? Je n'étais pas sa fiancée ! Lazare était un cousin. A la mort de ses parents, ma famille l'a recueilli. Nous avons été élevés ensemble, frère et sœur, en quelque sorte. Il y a six ans, il est allé travailler en France. Il repassait chez nous une fois par an. Et c'est tout ! Oui, sa mort m'a bouleversée. Mais je suis triste d'apprendre qu'il me présentait comme sa promise.

— Je ne pouvais pas savoir… Je suis désolé.

— Arrêtez de vous excuser.

Elle me regarde d'un air ennuyé. Visiblement, je l'embarrasse. Elle est sur le point de me demander de cesser de l'importuner, alors je dis :

— Mademoiselle, est-ce que je peux vous raccompagner ? Me présenter à votre famille.

— Et pourquoi donc ?

— On nous a vus ensemble. J'ai demandé à l'une de vos voisines où vous vous trouviez. On va vous questionner. C'est gênant.

Mon argument porte.

— J'expliquerai à votre père et à votre mère que Lazare m'a parlé d'eux comme de ses parents. Je leur dirai que je passais par Saint-Etienne-de-Tinée et que j'ai pensé…

Bien sûr, elle n'est pas dupe. Mais elle paraît sensible à mon audace. Je ne sais plus si elle acquiesce. Je crois bien que non.

Elle est presque aussi grande que moi et nous allons d'un même pas. Je ne peux m'empêcher de jeter, de temps à autre, un coup d'œil sur le côté. Elle se laisse observer, m'offrant son beau profil ombré d'une fossette. Et lorsque à son tour elle tourne la tête vers moi, je m'applique à regarder droit devant.

Au bout d'un certain temps, parce que je suis intimidé et ignorant, je me mets à parler. Les phrases sourdent de ma bouche comme d'une artère. A peine prononcées, je les trouve absurdes mais je poursuis quand même.

Soudain, elle m'interrompt :

— Pourquoi n'êtes-vous pas revenu aux Bois d'en Haut après votre campagne à Lyon ? Votre mère doit vous y attendre.

A mon tour de me taire.

— Que faites-vous ici ? Si loin de chez vous. Que cherchez-vous ?

Comme je ne réponds toujours pas, elle m'examine de la tête aux pieds :

— Vous êtes sur les routes depuis combien de temps ? Vous n'avez pas l'air d'un vagabond.

— Feriez-vous route avec un vagabond ?

— Cela dépend.

— Je suis sur les chemins pour retrouver mon père.

Et là, je vois qu'elle me croit.

## 43

Devant elle, je mens à ses parents.

Mon mensonge scelle entre nous un lien invisible en même temps qu'il fissure quelque chose en train de naître. Je leur parle de Lazare. Son courage, sa gentillesse, les tirs de mine, l'accident. Son idée d'apprendre le métier de plâtrier. Je choisis dans les confidences de mon ami, celles qui n'impliquent pas Angela.

Le père d'Angela me sert un verre de vin noir qui, instantanément, me tourne la tête. Sa femme m'observe sans prononcer un mot. Je perds pied, la situation m'échappe. Alors j'évoque mes compagnons limousins. Le pisé, si dangereux à mettre en œuvre. La Guillotière… Et je vois que je gagne leur confiance. L'homme a été mosaïste à Lyon et nous n'avons pas à chercher longtemps des quartiers et des personnes que nous connaissons l'un et l'autre.

Vient le moment où il me pose la même question que sa fille.

— Je rejoins mon père qui s'est installé à Vinadio.

— Vinadio… Je n'y suis jamais allé.

— En partant de Saint-Etienne-de-Tinée, on m'a dit que j'en avais pour deux jours.

— Plutôt trois. En montagne, on ne sait jamais quand on arrive. Si vous veniez du Piémont, je ne dis pas, c'est plus facile par l'Italie. Mais depuis la France…

— Et votre mère ? demande son épouse.

J'hésite. Ils le voient.

— Sa mère est restée au pays, répond Angela.

Ils me proposent de partager leur repas. J'accepte, un peu trop vite peut-être. C'est alors que je prends conscience de la tristesse qui accable la maison et ses trois occupants.

Comme s'il devinait ma pensée, le père dit :

— Nous quittons le pays. C'est trop dur ici.

— Pour aller où ?

— En Amérique. Deux de nos fils sont déjà installés à Chicago. Nous logerons chez eux les premiers temps. L'aîné travaille dans la plomberie et l'autre dans un abattoir. Ils ont épousé des Américaines. Nous connaîtrons nos belles-filles et nos petits-enfants.

— Et vous partez quand ?

— En septembre.

L'homme me présente une liasse de feuillets qu'il est allé chercher dans le tiroir de la commode.

— Le 22 septembre, c'est écrit sur les billets. Nous embarquons à Marseille. Sur le paquebot *Guienne*…

Il pointe de son index le nom du navire. Je lis : « Messageries Impériales, *Guienne*, 1167 tonneaux, troisième classe. » Des informations vides de sens pour moi.

— Ça a été compliqué parce que, depuis le rattachement, on est devenus français. Il a fallu recommencer toutes les démarches. Passer par une agence d'émigration à Marseille pour obtenir nos passeports. Avant, nous devions partir de Gênes. Sans Angela, on n'y serait pas arrivés.

Il rassemble les papiers et les replace soigneusement.

— Nous avons vendu nos bêtes. Les écuries sont vides. C'est le chien qui me fait peine. Il va nous attendre.

— Et Angela, elle part aussi ?

Ils me regardent sans répondre.

C'est le début de l'après-midi. Tous les trois doivent se rendre sur une coupe de bois pour bûcheronner.

— Nous ne voulons pas qu'il se dise au pays que ceux qui prennent notre suite ont trouvé un bûcher vide à l'entrée de l'hiver, dit le père.

J'aimerais vous aider. En souvenir de Lazare.

## 44

Ainsi depuis toujours mes mains se tendent pour ne saisir que des absences et des mensonges. Toi, mon père. Mais la duplicité t'est tellement attachée que j'ai fini par l'admettre. Et toi, ma mère ? Je n'imagine pas un instant que ton mariage avec Victor Bussière se soit décidé en quelques semaines. Que tu ne l'aies pas encouragé dans sa cour bien avant que je ne parte à Lyon. Un homme comme lui ne s'engage pas à la légère. Il lui faut des gages. Maman, comment as-tu pu ne rien me dire ? J'imagine que tu avais honte. Peur de ma jalousie aussi. C'est si bête, un fils unique.

Gerbeau, je n'en parle pas. C'est par faiblesse qu'il m'a caché ce qu'il savait. Edmonde c'est pareil... Eux, ça ne compte pas. Mais toi, Lazare ? Fallait-il que tu sois malheureux, mon ami, pour t'inventer une fiancée ! Toi qui ne te rendais jamais le dimanche à Grenoble, comme la plupart des autres, pour y rencontrer des filles dans les bals ou les maisons. Toi, l'amoureux sage. Je t'écoutais, je te croyais. Je peux bien te le dire, je t'enviais.

Bien sûr, tout n'était pas que mensonge. Angela existe. Je l'ai vue, et je comprends ton amour. Aussi je vais te dire ce qui est arrivé.

Car je te dois la vérité.

Nous avons travaillé dans un bois sombre et pentu jusqu'au soir. Un voisin avait prêté deux mulets et une charrette dans laquelle nous empilions les rondins. Je retrouvais mes gestes des Bois d'en Haut, des gestes de paysan. Une manière de saisir, trancher, soulever, porter... Sans presque parler. Mais l'essentiel, ce ne sont pas les mots qui le disent, tu le sais bien, Lazare. Ce sont les silences. Les élans inachevés, les attentes. Et bien vite, dans cette forêt, nous n'avons plus été que deux, Angela et moi. Ses parents s'activaient tout à côté, nous ne les voyions plus. Il n'y avait que nous.

Nos mouvements s'accordaient comme ceux des danseurs habitués à se saisir sans se quitter des yeux. Elle m'était aussi familière qu'une sœur et entièrement mystérieuse. A un moment, pour l'écarter de la menace d'un tronc sur le point de rouler, je l'ai saisie par le bras. Loin de se dégager elle s'est laissée aller contre moi. Le souvenir de son abandon me trouble encore.

Ce n'était pas de l'audace mais quand nos regards se croisaient, elle ne baissait pas les yeux. Et lorsque je me suis pris les pieds dans des racines et que je suis tombé, l'éclat de son rire a résonné dans la futaie en pente. Ses parents l'ont regardée, sidérés de découvrir cette joie qui affleurait sous la tristesse. Elle-même paraissait étonnée. Elle a porté une main en bâillon sur sa bouche mais on devinait qu'elle pouffait encore. Au-dessus de ses doigts rougis par le froid, ses yeux bleus me fixaient. Elle n'avait plus rien de la songeuse épiée sur la passerelle. Une lumière éclairait son visage que la dureté du travail n'avait pas terni.

Le soir, au cours du souper, elle a demandé, d'une voix qui se voulait détachée, ce que je comptais faire après avoir vu mon père. Je lui ai répondu que je ne savais pas. Un grand silence s'en est suivi. Ses parents avaient compris. L'élan qui nous poussait l'un vers l'autre leur inspirait davantage de tristesse que d'inquiétude.

Je ne parviens pas à dormir dans la grange où ils m'ont installé. La savoir si proche et inaccessible m'est insupportable. Mais que pourrais-je faire ? Soudain, j'entends le battant de la porte et une ombre se glisse au centre de l'aire de battage.

— Ne pensez pas que je sois légère ou effrontée.

— Non, bien sûr, Angela. Je suis tellement heureux de vous voir.

— Je voulais vous dire que Lazare ne m'a jamais manqué de respect. J'espère qu'il n'a rien sous-entendu qui porterait atteinte à mon honneur.

— Rien, je vous l'assure.

— J'étais en colère contre lui ce matin. Parce qu'il avait menti. Ce n'était pas contre vous.

— Je l'ai bien compris, Angela.

— Qu'avez-vous compris ?

— Eh bien…

Je me suis approché, dans la pénombre. Elle n'a pas reculé.

— Demain, je vais partir, Angela.

— Je pars aussi. Sans retour.

— Lorsque je vais revenir de Vinadio, est-ce que je pourrais repasser ici ? J'aimerais vous revoir.

— Reviendrez-vous seulement de Vinadio ?

— Oui, je vous le promets.

— Nous ne serons plus là. La famille qui prend la suite sur notre terre arrive dans quelques jours. En attendant l'embarquement de septembre, nous resterons chez des cousins, près de Marseille.

— Angela. Je voudrais tellement…

— Qu'est-ce que vous voudriez, Camille ?

— Rester auprès de vous. Voilà ce que je voudrais.

— C'est impossible, vous le savez.

Je reste silencieux. Elle poursuit :

— C'est peut-être cela, Camille, qui donne de la force à ce que nous ressentons. L'idée que c'est sans espoir. Car nous éprouvons quelque chose l'un pour l'autre. Je ne me trompe pas, n'est-ce pas ?

Son visage atteint cette expression de gravité qui m'émeut plus encore que la beauté. Elle se serre contre moi. Ses mains se posent sur ma poitrine et son visage s'approche du mien. Je n'ose plus bouger. Ce sont ses lèvres qui effleurent les miennes. Je ferme les yeux. Tout à coup j'entrevois une faille dans la dureté du monde. Quelque chose de douloureux se déchire. Pour la première fois, je ne suis plus ce démuni, ce pauvre d'entre les pauvres. Une richesse qui surpasse toutes les autres m'est accordée. Il m'est donné de boire aux lèvres d'un corps qui m'offre ce qu'il a de plus beau, de plus important. De plus miséricordieux.

Et en retour, pour la première fois, je m'abandonne.

# 45

A la sortie de Saint-Etienne-de-Tinée, la route se faufile sous les arbres pour se hisser hors de la vallée. La gorge nouée, je me retourne sur la ville figée dans une immobilité que le cru de la lumière rend vaporeuse. Mon regard court sur les toits de tuiles rondes. Je cherche la trace de la rivière et le pont sur lequel, Angela, je t'ai vue pour la première fois lorsque tu as jeté une branche dans l'eau.

Mais je suis déjà trop loin.

Très vite, les vallonnements herbeux font place à des versants abrupts et caillouteux. La route, taillée par endroits dans la roche, est devenue tout juste large pour permettre le passage d'un chariot. En sueur, je peux à peine ouvrir les yeux tant est violent l'éclat du soleil sur ce monde minéral.

Je marche depuis deux heures dans cette désolation lorsqu'un homme apparaît. Comme il arrive à ma hauteur, je lui demande si je suis sur le chemin de Vinadio. Il me regarde d'un air suspicieux. Je crois avoir mal prononcé le nom de la ville, alors je le répète en m'appliquant.

— Vinadio…

Il poursuit sans me répondre.

En fin d'après-midi, les crêtes exposées au couchant accrochent un ourlet de lumière sur le drapé sombre des pentes. Le chemin, bordé par un muret de pierres sèches, longe une vallée tapissée d'ombres violines. Parti sans demander conseil, j'ignore s'il existe un refuge sur cette route et l'idée de me retrouver seul à la belle étoile me renvoie aux nuits passées dans la vallée de l'Ubaye. Le doute s'installe en moi. Epuisé, je suis sur le point de rebrousser chemin. Mais cela n'a déjà plus aucun sens.

Une nuit sans lune gagne la montagne. Et bientôt je suis incapable de distinguer l'endroit où je pose les pieds. Je dois m'arrêter. D'un côté, l'abîme. De l'autre, me surplombant, un dévers strié de ravines creusées par l'écoulement des eaux de pluie. Nulle part où se réfugier. A l'horizon, des éclairs irisent les sommets dans une direction que je ne peux définir mais qui semble être celle où me guident mes pas.

Je défais mon sac, enfile mon pardessus, cherche à tâtons le pain et le morceau de fromage préparés par ta mère, Angela. Je m'assieds par terre, les reins calés dans le talus, le col relevé. Face au néant et au ciel.

Je pense à toi.

Où ai-je trouvé, ce matin, la force de repartir ? A moins que ce ne soit par lâcheté. Il m'aurait suffi de dire : « Je ne vais plus à Vinadio. Je veux rester avec vous. Acceptez-moi, je vous en prie. Si Angela veut de moi, j'irai là où elle va. L'Amérique, c'est bien. »

Jusqu'au dernier moment, Angela, tu as attendu que je prononce ces paroles. J'ai vu ta déception lorsque j'ai serré la main de ton père en lui disant adieu. Les larmes que tu as retenues. Ton visage se défaire. Moi, j'étais dans le brouillard, absent à moi-même. Bien au-delà de la douleur éprouvée le matin de mon départ pour Lyon lorsque je m'étais arraché aux bras de ma mère. Mes gestes, mes paroles étaient mécaniques. J'agissais par routine, infecté par la colère que mon père m'a inoculée. Incapable d'imaginer autre chose que de le retrouver et lui cracher au visage mon dégoût. Alors que toi, tu avais déjà tout compris.

Je suis jeune, sans grande expérience, mais je sais, Angela, que ces mots que je n'ai pas prononcés me manqueront toute ma vie. Ils rejoindront ces choses perdues si lourdes à porter.

# 46

Le lieutenant Angustina donne l'ordre de faire halte. La dizaine de cavaliers qui le suivent obtempère. Et le chariot qui ferme la colonne s'immobilise à son tour dans un grincement de métal.

— Sergent, allez voir !

— A vos ordres, mon lieutenant.

L'homme lance sa monture au grand trot en direction de l'éboulis qui a emporté une partie de la chaussée. Il met pied à terre, s'approche des rochers qui ont glissé depuis la pente jusque dans le vide. Et remonte en selle.

— Du terrain a été emporté cette nuit par l'orage, mon lieutenant. Et…

— Quoi donc, sergent ?

— Un homme a été blessé. Il est sans connaissance sous les pierres.

— Mort ?

— Je ne sais pas, mon lieutenant. Je n'ai pas pu m'approcher. Je risquais de faire rouler un bloc sur lui.

Le lieutenant se tourne vers ses hommes qui appartiennent au corps du Génie militaire affecté à la surveillance des fortifications, dépendant de la chefferie de Toulon. Deux messieurs en civil les accompagnent.

— Nous allons dégager le passage. Attention, il y a un blessé ! Sergent, vous dirigerez la manœuvre.

Deux heures plus tard, l'opération de déblaiement est achevée. Camille repose, étendu sur le bas-côté. Cette nuit, l'orage a été d'une violence inouïe. Sans abri, Camille est resté recroquevillé sous le déluge, le dos martelé par les paquets d'eau tombée du ciel. Sans signe avant-coureur, un pan de terrain miné par les pluies diluviennes l'a brutalement enseveli. C'est miracle qu'il n'ait pas basculé dans le précipice.

— Mon frère est médecin et je l'ai souvent accompagné dans ses visites, dit en se relevant un des civils qui l'examine. Je dirais qu'aucun membre n'est fracturé. Il doit avoir quelques côtes fêlées, et une plaie ouverte à la jambe.

— A son âge, on revient de tout, dit le lieutenant Angustina.

Le lieutenant Angustina a souvent du mal à trouver le ton juste. On lui reproche une arrogance tout italienne. On se trompe. Angustina est un homme déchiré. Il compte au nombre des six cent deux officiers du duché de Savoie et du comté de Nice qui, au moment du rattachement, ont dû choisir entre la fidélité au roi Victor-Emmanuel II et l'allégeance à Napoléon III. Des pressions de sa belle-famille, puissante et fortunée, bien davantage française que piémontaise, et une tendre passion pour sa jeune épouse qui honnissait l'idée d'être encasernée à Gênes, avaient guidé son choix de la France. Mais il ne se passe pas un jour sans qu'il regrette d'avoir rompu son serment envers son roi. Pas un jour sans qu'il enrage de ne pas participer à la glorieuse unification de l'Italie où il a tant rêvé de s'illustrer.

— Installez-le dans le chariot !

— Bien, mon lieutenant.

Le soir même, le détachement arrive en vue de Fort-Tenibre. Le bastion est accroché à un piton qui commande la vallée large et verdoyante où se situe Vinadio. Depuis la redoute, la ville blottie au pied de versants herbeux couronnés de forêts denses paraît lointaine. Une rivière descendue des glaciers la partage en deux quartiers d'inégale importance. Sur l'autre rive, vers l'est, une route file en direction de l'Italie.

Après un dernier raidillon, le chariot s'arrête devant le poste de garde.

— Brigade topographique ! Conduisez-moi à votre commandant.

L'ordre sort Camille de la torpeur. Il est allongé sur une couverture, au milieu d'un empilement de caisses, de malles et de cantines. Le moindre chaos, le simple fait de respirer réveillent de vives douleurs au niveau de la poitrine. Un bandage entoure sa cuisse droite. Du sang a traversé la charpie mais l'hémorragie a cessé. Camille tourne la tête vers un coffret tout près de son visage. Sur la plaque de cuivre vissée dans le bois, il lit : « Berthiot, Optique de précision, Lyon. »

## 47

Je remarche. Au début, l'infirmier m'a donné une paire de béquilles. Très vite, je les ai posées. Mes premiers pas, je les ai faits dans la cour du fortin, à l'ombre des courtines. Mon univers se limite à des murs de pierres sombres taillées en diamant et posées à plat. Je sais que Vinadio est derrière. Au bout de la plaine que contrôle la petite forteresse depuis les escarpements.

Je ne suis pas le seul civil à l'intérieur de Fort-Tenibre. En dehors des deux hommes qui appartenaient à la colonne commandée par le lieutenant Angustina, une dizaine de maçons piémontais est à l'œuvre sur les murailles. Il s'agit, depuis le rattachement du comté de Nice, de réorienter vers l'Italie les créneaux de tirs et les affûts dirigés jadis vers la France.

Ce renversement militaire a quelque chose d'étrange. La plupart des soldats y sont indifférents. Pour eux, Tenibre est un bastion pareil à bien d'autres fortifications de montagne. Mais ce n'est pas le cas pour tous.

Une nuit, trop endolori pour dormir, je me suis levé. J'ai vu le lieutenant Angustina sur les remparts. Il était debout sur le parapet et regardait vers l'est. N'importe qui aurait pu penser qu'il guettait une menace ou effectuait une ronde pour s'assurer que les sentinelles étaient à leur poste. Mais pour avoir surpris une conversation entre deux sous-officiers, j'ai appris qu'il n'en était rien. C'est le regret de n'être pas là-bas, en Italie, qui le tourmentait.

Dans la journée, j'observe les maçons s'activer sur les chemins de ronde reliant les bastions qui flanquent les quatre angles de la forteresse. Autour d'une cour rectangulaire, trois bâtiments pouvant abriter une compagnie sont disposés en *U*. Sur le quatrième côté, des magasins, une poudrerie, un four à pain et l'infirmerie où je séjourne temporairement. Un des bastions possède un second étage occupé par les officiers. Les ouvriers dorment dans une chambrée aménagée dans une bâtisse en contrebas du fortin, à côté des écuries situées à l'extérieur.

J'essaie de me faire le plus discret possible. Ici, c'est un univers de soldats et ma présence est seulement tolérée. Dès que j'irai mieux, j'aiderai les Piémontais. Je monterai des seaux de mortier sur la galerie supérieure là où ils édifient de nouveaux créneaux de fusillades et des emplacements destinés à accueillir les pièces d'artillerie. Cet exercice me permettra de renouer avec des gestes familiers et me redonnera des forces.

C'est là-haut, sur le chemin de ronde, que je l'ai vue pour la première fois. Cela faisait longtemps que je l'imaginais, cette ville où tu t'es réfugié, père. Ce gîte où tu croyais disparaître pour toujours, toi et la femme que tu as choisie. Car vois-tu, ta fidélité à Emilia me chagrine. Si au moins tu l'avais abandonnée, elle aussi.

Depuis le fortin, Vinadio apparaît de la taille d'un chef-lieu de canton. A cause de l'éloignement, il m'est difficile d'en distinguer l'organisation des rues, la hauteur des façades, les places… Je discerne toutefois un alignement d'arbres régulièrement espacés qui doivent border une rue centrale. Les demeures nobles, les commerces, l'église, semblent occuper la rive opposée de la rivière. Tandis que sur la berge droite se situent des quartiers populaires à en juger par quelques fabriques et leurs appentis et, non loin, la présence de fermes.

Te savoir là me bouleverse. Tu le sais ? Non, bien sûr. Tu n'imagines pas que ton fils est si proche. Qu'il a, lui aussi, fait tout ce chemin à pied et qu'en ce moment il observe la ville où tu t'es retranché. Si tu le savais, peut-être ferais-tu de nouveau ta valise. Peut-être dirais-tu à Emilia : « On part. » Aussi simplement que tu le lui as dit lorsque le Rhône a emporté ton immeuble. Elle, sans poser de question, rassemblerait ses quelques affaires et refermerait derrière elle la porte de votre chambre.

J'ai beau ne plus rien attendre de toi, penser que tu vas et viens dans ces rues me dévaste. J'imagine que tu as de nouveaux amis, de nouvelles habitudes. Tu fréquentes de nouveaux cafés où tu aimes passer le temps. Beau parleur, tu racontes ta vie. C'est une histoire dans laquelle je ne figure pas, d'où maman est absente. Peut-être morte, c'est si attendrissant un veuf.

L'idée que maman et moi nous avons compté pour rien dans ta décision me bouleverse toujours. La douleur ne s'est pas atténuée. Elle est aussi violente que lorsque le goujat et son acolyte m'ont attaqué derrière la Halle aux Blés. Quand pour me blesser, ils y sont parvenus, ils m'ont parlé de ma « belle-mère ».

Au moins, as-tu trouvé la paix ici, mon père ? A-t-il un goût de miel ou de cendre, ton bonheur ? Quelle saveur a ton existence sans nous, si loin des Bois d'en Haut ? Tu sais, j'aimerais tant ne plus m'intéresser à toi. T'oublier. Exister autrement que comme le prolongement de ta vie. Mais je ne le peux pas. Est-ce pour cela que, perché sur le chemin de ronde qui domine la plaine, j'hésite à faire les derniers pas ?

## 48

Je suis toujours à Fort-Tenibre. Les Piémontais m'ont accepté. Pour eux, je gâche le mortier. Je déplace les moellons sur les remparts dans la mesure des forces qui me reviennent. J'ai le temps d'observer le fonctionnement militaire du bastion, mais aussi les deux civils arrivés avec le lieutenant Angustina. Le plus jeune a une trentaine d'années. Les soldats l'appellent « l'ingénieur », bien qu'il ne se soit jamais préoccupé des travaux sur les murailles. Je crois qu'il est cartographe. L'autre, la cinquantaine, s'entretient régulièrement avec le capitaine qui commande la garnison. C'est, paraît-il, un fonctionnaire impérial de haut rang. Un plénipotentiaire, ai-je entendu dire. Je ne connaissais pas le mot.

Chaque matin, les deux hommes, accompagnés d'une garde légère, partent à cheval en direction de Vinadio. Il se dit qu'ils y rencontrent le maire et des notables de la ville. Parfois, ils suivent la rivière et, du haut des courtines, je distingue leurs silhouettes longer l'étrange mur de pierres sèches qui barre la vallée. Il paraît qu'ils attendent une délégation venue d'Italie. Mais celle-ci n'est pas encore arrivée.

Ce matin, alors que je sors de la chambrée, je croise l'ingénieur. C'est la première fois que nous nous trouvons seuls en tête à tête.

— Comment vas-tu ? me dit-il.

— Mieux.

— Tu dois une fière chandelle au lieutenant Angustina. Tu étais sérieusement amoché.

— C'est un théodolite dans la boîte ?

— Tu sais ce qu'est un théodolite ?

— Oui.

— Tu en as déjà manipulé ?

— J'étais sur un chantier de percement de tunnel, à côté de Voiron. L'ingénieur m'a appris. Je tenais la mire, je le calais à l'horizontale. J'ai même regardé dans le viseur.

— Comment s'appelait cet ingénieur ?

— Charles Dupuit.

— Dupuit ! Nous étions ensemble en spéciale ! Mais, dis-moi, c'est incroyable…

— Qu'est-ce que vous faites ? Vous tracez une route ?

— Elle serait bien nécessaire, au moins du côté français. Non, on trace quelque chose d'invisible.

Il fait beau. L'ingénieur semble ravi de bavarder avec moi, simplement parce que j'ai connu son camarade.

— Figure-toi qu'on délimite la frontière qui va couper cette vallée en deux. D'un côté la France, de l'autre l'Italie.

— Mais comment vous allez décider qu'ici c'est chez nous et là-bas chez eux ?

— C'est déjà décidé. Des commissions se sont réunies à Paris, à Turin… Des messieurs très importants se sont penchés sur des plans qui ne voulaient pas dire grand-chose car, la région étant inaccessible, on n'a rien de sérieux au niveau cartographique. Même les équipes du grand Cassini ne sont jamais venues ici. Mais enfin, une limite a été vaguement élaborée. Une ligne que je dirais « tracée à tâtons », si tu vois ce que je veux dire. Et c'est nous qui allons traduire matériellement cette séparation. Après les négociations au plus haut niveau, commence la phase de démarcation.

— Il va falloir construire un mur ?

— Comme tu y vas ! Non. On va placer des bornes çà et là, aux endroits importants. Elles désigneront la frontière. Mais avant, on prend en compte les particularités du relief, les usages, les droits coutumiers… On ne doit pas braquer les populations. C'est le rôle du comte Bastien de Saint-Hilaire de négocier avec les autorités et les habitants. Il a plein pouvoir pour interpréter les décisions prises par les législateurs. Et toi, comment t'appelles-tu ?

— Camille Neuvialle.

— Louis Mazier.

Et il me tend la main.

Deux jours plus tard, Mazier me convoque :

— J'ai expliqué que j'avais besoin d'un porte-chaîne[1] capable de s'occuper du théodolite et des autres instruments. J'ai dit que tu avais déjà fait ce genre de boulot. Alors à partir de maintenant, tu travailles pour moi. Tu commences aujourd'hui.

1. Celui qui manipule la chaîne d'arpenteur.

# 49

Le rêve est revenu. Il a gagné en netteté. En force. Deux grands yeux sans sourcils, qui paraissent s'étonner de tout, me fixent avec une attention que je ne peux rattacher à rien de ce que je connais. Cela faisait des semaines que le regard ne me visitait plus. J'avais fini par penser qu'il avait perdu ma trace.

Ça se termine toujours de la même façon, je me réveille en sueur. J'ai du mal à me rendormir. Toutes sortes d'idées sombres me viennent et me tiennent dans leurs filets jusqu'à l'aube.

Dans ces moments de veille, je songe à toi, maman. La dernière lettre que je t'ai adressée est partie de Voiron. Vois-tu, j'ai besoin de ce silence entre nous, besoin d'être seul. Absolument seul. Pour te protéger peut-être.

Grâce à Louis Mazier, j'ai trouvé une place dans l'organisation du fortin. J'ai été présenté au comte Bastien de Saint-Hilaire pour qu'il ne s'étonne pas de ma présence. Mazier est animé par la même foi dans le progrès que Charles Dupuit. Il partage avec lui la certitude que la science a le pouvoir de plier les éléments aux volontés humaines. Comme Dupuit, il n'hésite pas à me consacrer du temps, à me fournir des explications dont je comprends l'essentiel mais qui, dans les détails, m'échappent souvent.

Nous allons cartographier la vallée et ses contreforts. Il s'agit d'un segment litigieux de la frontière. Nous devons régler le tracé avec soin pour éviter des conflits dans l'avenir. Il nous faut entièrement reprendre le plan cadastral. Celui en vigueur dans le royaume de Sardaigne date du siècle dernier et présente de graves approximations. Pour cela nous allons trianguler[1] l'espace.

Je regrette d'avoir jeté dans une rivière mon *Abrégé de géométrie pratique appliquée au dessin linéaire, au toisé et au lever des plans*. C'est comme si le torrent, par des voies subtiles, me retournait la violence de mon geste né de la perte de Lazare. Je me souviens qu'il y avait un chapitre consacré à la triangulation. Je l'avais parcouru, n'en percevant que le sens général, sans être capable d'entrer dans le cœur des explications mathématiques. J'enrageais de ne pas comprendre. C'est dans des moments comme celui-là que je me sens muré dans mon ignorance. J'éprouve une douleur physique comme un prisonnier qui se heurte aux barreaux de sa cage. J'en pleurerais. Pourquoi tout paraît si limpide à des hommes comme Dupuit ou Mazier ? Petit enfant, je n'étais pas plus bête qu'eux.

1. Procédé géométrique qui permet de repérer des points sur un terrain puis sur une carte en considérant ces points comme les sommets de triangles dont on connaît au moins un côté et des angles.

Malgré le travail que me confie Mazier, je n'oublie pas les raisons pour lesquelles je suis venu jusqu'à Vinadio. Plusieurs fois, j'ai traversé la ville en compagnie de l'ingénieur et de quelques soldats dont la présence souligne le caractère officiel de nos activités. Nous avons commencé à établir des mesures à partir de points fixes remarquables. Le clocher, bien sûr, compte au nombre de ceux-là. Nous y sommes montés plusieurs fois pour des visées. En entrant dans l'église, j'ai pensé à la scène rapportée par Giuseppe.

Dans la rue, à tout moment, j'imagine que je vais croiser mon père. Ça m'angoisse. D'un côté, toute mon attention est mobilisée par les consignes que me donne Mazier. De l'autre, je ne peux m'empêcher de chercher une silhouette qui me rappellerait la sienne.

La ville n'est pas si grande et il est certain que nous allons nous rencontrer. Quelle sera ta réaction, père, lorsque tu m'apercevras au détour d'une ruelle ? Me reconnaîtras-tu au premier coup d'œil ? J'ai changé, tu sais. Tu te rencogneras peut-être dans une porte cochère, ta lâcheté est si grande. J'imagine ta stupéfaction. Et, pourquoi pas, ton soulagement. Après tout, me retrouver peut être l'occasion pour toi de solder le passé.

Nous collectons chaque jour une grande quantité de chiffres. Les soirs, je suis autorisé, par ordre du commandant, à travailler avec Mazier dans une pièce aménagée en bureau. Un cartographe militaire, le sous-lieutenant François Auban qui, de son côté, arpente aussi le terrain nous y rejoint. C'est un jeune homme brillant que Mazier tient en grande estime depuis qu'il sait qu'il a suivi à Metz les cours de géodésie et de topographie de Charles-Moÿse Goulier. Goulier est l'inventeur d'un tachéomètre destiné au Génie, dont Auban utilise un modèle fabriqué par Secrétan à Paris.

Nous rassemblons avec application les données obtenues dans des tableaux dont j'ai la responsabilité. Sur de grandes feuilles de papier fixées sur une table de travail, les éléments cartographiques sont reportés. Pour les opérations d'échelle, les deux ingénieurs utilisent leur règle à calcul. Ils m'ont promis de m'initier à son utilisation même si les principes de celle-ci relèvent des logarithmes dont j'ignore tout. Une nuée de triangles apparaît. Leurs sommets sont situés sur des points fixes dûment repérés : le clocher, le gros rocher au sud que les gens d'ici appellent *Vecchio*, sa forme évoquant la silhouette d'un berger couvert d'une cape. L'arbre surnommé *Pagossa* haut de ses trois ou quatre siècles d'âge. La tour San Nicola à l'entrée de la ville, du côté italien. La grande croix qui surplombe le cimetière un peu à l'écart, sur la rive droite. Une cabane de berger…

C'est à partir du plan tracé par Mazier et Auban que sera effectué sur le terrain le piquetage provisoire. Plus tard, des bornes seront maçonnées. Mais, en attendant, des poteaux de bois seront fichés en terre. Ils porteront, écrit en noir sur une plaque vissée à leur sommet, le mot « Frontière ».

# 50

La délégation italienne forte d'une demi-douzaine d'ingénieurs civils et militaires arrive enfin. Elle est dirigée par un représentant du gouvernement, le marquis de Montferrat, qui a participé avec le comte Bastien de Saint-Hilaire à la Commission internationale extraordinaire de la frontière.

La première décision prise sur le terrain est de confirmer une clause prévue dans le traité : la frontière, dans la partie traversante de la ville, suivra le cours de la rivière qui partage Vinadio. La ligne de démarcation passera exactement au milieu des eaux, à égale distance des deux berges.

Propagée par le maire très opposé à l'éclatement de sa ville, la nouvelle circule aussitôt. Elle provoque des protestations que les représentants des délégations française et italienne ne prennent pas au sérieux. Camille est déçu de constater que ni Mazier ni Auban n'envisagent les problèmes qu'engendrera la division de Vinadio. A cette occasion, il découvre que les hommes de leur trempe fonctionnent sur d'autres principes. Qu'ils ont du mal à voir en dehors de la beauté de leurs raisonnements.

Le premier incident se produit alors que Camille et Louis Mazier effectuent des mesures, trois cents mètres au large du mur de pierres sèches édifié jadis pour arrêter l'avancée d'une violente épidémie de choléra venue du royaume de Sardaigne. La muraille faisait alors fonction de cordon sanitaire, les cahutes de pierres sèches que l'on peut encore observer çà et là ayant été, autrefois, des guérites occupées par des guetteurs. Ces vestiges ont longtemps servi de limite entre le royaume de Sardaigne et le comté d'Italie. Parler de frontière serait exagéré.

Les deux hommes procèdent à des visées lorsqu'ils voient arriver une douzaine de paysans descendant des fermes accrochées sur le versant d'en face. Le meneur, sombre de visage, de peau et de regard, leur dit sans préambule que les pacages sur lesquels ils se trouvent ne peuvent en aucun cas revenir à la France. Que du temps de son père, du père de son père et du père de celui-ci, seuls des troupeaux venus du royaume de Sardaigne foulaient cette herbe de leurs sabots. Et que jamais, de mémoire d'homme, un pâtre du comté d'Italie ne s'y était risqué.

Il se tourne alors vers la montagne et pointe un rocher noir difficile à distinguer au milieu d'un éboulis. Il répète « Seppia Viva ». Puis il pivote et indique de l'autre côté un arbre dont la cime ronde et lointaine émerge au milieu de la plaine. « Acerone », dit-il à plusieurs reprises avec force. Il ajoute, dans un mouvement de bras qui semble tracer sur le sol une ligne invisible, que ses compagnons et lui-même ne permettront jamais à personne de faire franchir cette limite à ses bêtes.

L'homme s'exprime dans une langue hachée. Tant bien que mal, Camille traduit l'essentiel à Mazier, tout en passant sous silence les menaces de mort qui émaillent les propos. En réponse, Mazier tente de faire comprendre qu'il ne fait que des relevés. Que rien n'est décidé et qu'il serait préférable d'exposer ces revendications aux négociateurs français et italiens qui tiennent une permanence en ville.

Les paysans écoutent, surpris qu'un Français, même maladroitement, parle leur piémontais mâtiné de provençal, celui de Lazare. Brusquement silencieux, ils s'approchent du théodolite jusqu'à ce que Mazier, dans un mouvement un peu théâtral, s'interpose devant l'appareil.

Dans un but d'apaisement, les deux plénipotentiaires réunissent le maire de Vinadio, les représentants des villages alentour et certains hommes choisis comme informateurs en raison de leur probité et de leur connaissance des coutumes. Le marquis de Montferrat fait, au nom des deux pays, des propositions allant dans le sens des demandes de la population. Il accorde la possibilité à tout propriétaire dont le champ va être traversé par la frontière d'effectuer la totalité de ses récoltes sans avoir à payer de droit de franchissement. Il promet que des « permis de passage », documents beaucoup plus aisés à obtenir qu'un passeport et valables toute une année, seront accordés aux habitants qui auront à aller régulièrement d'un pays à l'autre. Il indique que les chemins qui longent la frontière seront déclarés mitoyens, c'est-à-dire communs aux deux Etats. La question très sensible du diocèse, dorénavant à cheval entre la France et l’Italie, est également abordée dans le sens de la retenue. Le marquis a cette formule qui provoque des acquiescements dans l’auditoire : « Le territoire de la foi ne coïncide pas avec celui des nations. » C’est oublier que ceux des servitudes, des droits associés aux pacages, aux coupes de bois, à la cueillette des champignons, à la chasse, eux aussi ne s’accommodent pas facilement d’un simple coup de crayon sur une feuille de papier.

Malgré ces accommodements, la tension reste vive. Des incidents se produisent chaque jour. Bien que désireux de quitter Fort-Tenibre, Camille ne souhaite pas abandonner Mazier au milieu du guet. Non qu’une forme d’amitié les lie, l’écart de leurs conditions rendant impossible un tel rapprochement. Mais il y a entre eux une sorte de complicité que Camille serait en peine d’expliquer.

Les équipes de cartographes font face, quotidiennement, à des injures et à des menaces. Afin de passer inaperçus, les hommes se revêtent de capes de berger. Le sous-lieutenant Auban, lui si fier de porter l’uniforme, recouvre sa tunique d’une vaste pèlerine tout en gardant un pistolet chargé à la ceinture. Et bientôt, malgré les efforts pour ne pas envenimer la situation, les arpenteurs se résignent à ce que deux soldats en armes les accompagnent où qu’ils aillent.

C’est ainsi que le fait de ne pas avoir encore croisé le chemin de son père passe pour Camille au second rang de ses préoccupations.

# LA TRAVERSÉE

# 51

Mazier et Camille sont assis au pied d'une grande croix à l'entrée du cimetière de Vinadio. Il est deux heures du matin. La nuit sans lune est un voile posé sur le silence étal. En contrebas, la ville s'effiloche jusqu'à des bâtiments de fermes. A quelques pas dans leurs dos, deux militaires en armes bavardent à voix basse.

L'opération va débuter. Ce sont les ingénieurs italiens qui en ont fait la proposition. Drôle d'idée, ont pensé les Français avant de se laisser convaincre. Bastien de Saint-Hilaire a été plus long à persuader. Il craignait que cette manœuvre nocturne n'irrite un peu plus encore la population.

Le projet italien est simple. Avant de passer au tracé définitif du plan de la vallée, d'ultimes vérifications sont nécessaires. Elles auront lieu de nuit. Des flambeaux seront placés sur les repères qui ont été utilisés pour trianguler. Ils constitueront des points lumineux sur lesquels il sera aisé de pointer les mires des appareils optiques. Les équipes vont ainsi pouvoir effectuer des mesures d'angle précises qui seront confrontées à celles déjà collectées. A partir de là, les deux délégations disposeront d'une base sûre pour le tracé définitif de la frontière.

Mazier sort sa montre de gousset et incline le cadran vers la flamme de son briquet.

— C'est l'heure. Au travail !

Camille rassemble trois flambeaux qu'il lie par une corde. Il grimpe sur le mur du cimetière et les fixe au sommet de la croix.

— Regarde ! dit Mazier. Les autres aussi ont commencé ! Auban a allumé celui de l'*Acerone* ! Et là-bas, sur le clocher… Et celui-là, sur la cabane de berger en avant du mur, côté italien !

Mazier tend son briquet à Camille qui allume les torches. Il n'y a pas de vent et une couronne de flammes danse dans le ciel, éclairant le dos de l'ingénieur déjà penché sur le théodolite.

— Les Italiens ont raison. C'est très net, un point lumineux dans l'obscurité. J'ai l'impression de faire de l'astronomie. Magnifique… Viens voir !

Camille saute au bas du muret et s'incline sur le viseur. Mazier, resté à côté de l'appareil, passe son bras sur l'épaule du jeune homme et murmure :

— Est-ce que tu vois la différence ? C'est meilleur, n'est-ce pas ?

Camille se redresse et s'écarte du théodolite.

Mazier a repris sa place et dicte les angles. Assis sur une tombe, Camille note les mesures dans un tableau. Il se dit : Ça, c'est la tour San Nicola à l'entrée de la ville. Et là, c'est le *Pagossa.* Mais au fond, cela n'a guère d'importance. Chaque source de lumière existe en tant que telle. Qu'importe qu'elle soit fixée au sommet d'un objet bien réel, il n'y a qu'elle qui compte. Les distances sont abolies. L'obscurité est vertigineuse. Seuls des chiens et les braiments d'un âne griffent cet abîme.

Les visées sont terminées. Camille glisse dans une serviette de cuir la liasse de papiers sur lesquels il a consigné les données. Il range le théodolite dans sa valise. Les deux hommes contemplent la nuit. Ils ont oublié la présence des soldats. Ils sont face au vide qui aspire leurs pensées. L'essentiel se donne à voir là, palpitant. Sans intermédiaire.

— C'est beau, dit Mazier.

Le vol lourd d'un oiseau de nuit s'échappe d'un buis, entraînant le parfum âcre de l'arbuste.

— Je vois bien que tu es soucieux, Camille. Tu peux me parler, tu sais. Je peux peut-être t'aider.

Camille se crispe. Non, il ne veut pas parler. C'est une vieille habitude chez les Neuvialle d'enfouir ses peines.

— Vois-tu, il y a une question que je ne t'ai jamais posée, poursuit Mazier.

La lumière des flambeaux commence à baisser. Dans leur dos, les deux militaires toussent. Ils souhaiteraient retourner au fortin. Il y a près d'une demi-heure de marche et circuler dans la campagne à cette heure n'est pas sans risque.

— On arrive, les gars ! s'écrie Mazier. Dis-moi, Camille, qu'est-ce que tu faisais sur le chemin de Vinadio ? Il faut avoir une bonne raison pour se rendre ici.

— Je suis venu retrouver mon père.

— Ton père ! Et tu l'as rencontré ?

— Non. Toujours pas.

— Tu as son adresse ?

— Non.

— C'est facile ! Il faut en parler au maire. Le bourg n'est pas si grand, il connaît tous les habitants. Cela me ferait plaisir de t'aider…

Dans l'obscurité, Mazier s'est rapproché. Ses traits ont une expression étrange. Soudain, Camille sent une main saisir la sienne, la presser. Le visage de Mazier, tout près du sien.

Camille se dégage. Saute sur le mur, décroche les flambeaux.

— J'espère que personne ne nous a vus nous servir de cette croix comme d'une hampe ! dit Mazier d'une voix haute et mal assurée.

Le visage fermé, Camille lui tend une torche. Une autre aux militaires. Il conserve la troisième.

Au moment de sortir du cimetière, son attention est attirée par un bouquet de fleurs fraîches dans un vase posé sur une tombe. Une croix de bois est fichée en terre. Est-ce parce qu'Emilia a été vue par Giuseppe changeant des fleurs à l'église qu'il approche le flambeau de l'inscription sur la traverse ?

En petites majuscules noires délavées : PIERRE NEUVIALLE.

## 52

Ça y est. Je t'ai retrouvé, père. Ce n'est pas exactement ce que j'imaginais, un regard de vivant qui se pose sur le nom d'un mort. Tu ne m'échapperas plus maintenant. Ou plutôt non, je me trompe. C'est toi qui as gagné. Tu as mis l'éternité entre nous deux. Sur le point d'être rattrapé, tu as préféré te jeter dans le vide. Mais il faut que tu le saches, et je te le dis sans colère, pour moi il y a longtemps que tu étais mort. C'était un fantôme que je cherchais à débusquer.

Je vais te faire un aveu. Lorsque j'ai lu ton nom sur la croix, j'ai pensé à maman. Le temps d'une seconde, j'ai été heureux. Oui, la première idée qui m'est venue est celle de sa délivrance. Dorénavant, sa vie ne dépend plus de toi. La voilà libérée de son attente, de ses humiliations. Je sais, ce n'est pas brillant, un fils découvre la tombe de son père et songe que sa mère va enfin pouvoir en épouser un autre. Mais après tout, tu récoltes ce que tu as semé. Cette dureté en moi, c'est toi qui l'as scellée. Elle ne disparaîtra jamais.

C'est seulement après que me sont venus des souvenirs. Je les redoutais, tu t'en doutes. La mort attendrit, elle lave, elle exonère. Des images anciennes se sont imposées. Tes mains posées sur mes épaules lorsque tu me tenais devant toi pendant que tu discutais avec d'autres hommes à la foire de Gentioux. Ces heures passées à m'apprendre à pêcher dans l'étang de la Genette. Ta voix, ton regard indulgent même lorsque j'avais fait une bêtise. Parce que tu avais beaucoup à te faire pardonner toi-même, mais ça je ne le savais pas. Je t'ai revu en père affectueux. Tel que tu te comportais aux Bois d'en Haut.

Même si ce n'était pas vrai, c'était bien imité.

J'ai pensé aux hivers que j'espérais chaque année parce que c'était le temps de ton retour. Les autres saisons, à cause de toi, je les déteste. Surtout le printemps qui te voyait t'envoler. Et aussi la longue attente de l'été. L'automne, c'est différent. L'automne t'annonçait. Tu vas sourire, malgré le mal que tu nous as fait, j'aime toujours le froid, quand il saisit les arbres et dépouille leurs branches. Le vent du Plateau qui passe sous les portes et fait trembler les fenêtres. Les premières gelées, les premières pluies glacées. J'aime les signes de ton retour à rebours du départ des hirondelles.

Et, par-dessus tout, j'aime la neige blanche qui te retenait.

Les soldats, pressés de rentrer au fort, ne se sont pas rendu compte de mon désarroi. Je ne parlais pas, l'obscurité dérobait mes traits. Quant à Mazier, il se tenait à distance. Nous étions tous fatigués. Au moment de se séparer au pied de la rampe d'accès au fortin, j'ai dit « Bonsoir ». On m'a répondu. Ça suffisait.

Le lendemain, je suis retourné au cimetière.

C'est une tombe avec une simple croix en bois, une tombe de pauvre. Ce n'est pas non plus la fosse commune. La présence d'un bouquet de marguerites et de gentiane dans un pot rempli d'eau témoigne qu'il y a encore un vivant, ici à Vinadio, qui se préoccupe de toi. Une femme, évidemment. Qui d'autre qu'une femme pour t'être fidèle ?

J'ai eu besoin de toucher la terre qui t'ensevelit. Je me suis agenouillé et j'ai posé mes doigts sur son grain léger comme si je caressais la joue d'un visage endormi.

Je suis resté. Longtemps. Mes pensées allaient à maman qui ne viendra jamais se recueillir ici. J'imagine que cette idée ne te déplaît pas, bien que tu n'aies pas vraiment réussi à disparaître puisque je suis là, devant toi. Je vais demander au maire un certificat de décès. Je vais m'acquitter de cette promesse faite à ma mère. Je rapporterai le document officiel avec tampon et signature et je le donnerai à ta veuve. Elle le regardera sans pleurer. Ce papier sera ta dépouille ramenée chez toi. Car c'est là-bas, chez toi.

Mais il me manque quelque chose. Je ne sais rien de ce qu'était ta vie ici. Avais-tu repris ton métier de maçon ? Celui de paysan ? Ou peut-être ne faisais-tu rien, j'ai du mal à le croire. Aucune date ne figure sur la croix. Qu'est-il arrivé pour que tu te fasses surprendre ainsi, toi si prompt à esquiver ? Et cette idée absurde que je ne peux écarter parce qu'elle ne te ressemble pas, et parce que ta dépouille a été inhumée en terre consacrée, mais tu étais si habile aux apparences… Si tu t'étais supprimé ?

Cette femme, je ne devrais pas désirer la voir. Elle me fait horreur. Je me souviens de ce que Gerbeau m'a dit de son désespoir fou quelques jours après la crue. Je sais maintenant que c'était comédie. Elle est rusée comme toi. Elle a trompé Delinda, son amie. J'ai en tête aussi les mots de Giuseppe sur sa rencontre à Barcelonnette. Ment-elle encore maintenant que tu es mort ?

Je devrais l'ignorer, la rejeter. Maintenant que je t'ai trouvé, c'est elle le fantôme. Alors pourquoi vouloir la surprendre ? Pourquoi ai-je envie de me présenter devant elle et de lui dire, droit dans les yeux : « Je suis Camille, le fils de Pierre. Mon père m'a abandonné pour vous. » Lui cracher cette vérité au visage.

Qu'est-ce que cela m'apportera ?

Il n'y a pas que la colère. De la curiosité aussi. Surprendre le visage du destin qui nous a foudroyés maman et moi, un jour aux Bois d'en Haut. Voir les doux yeux du malheur pour le reconnaître plus tard. Observer l'apparence qu'il peut prendre, la voix dont il use. Entendre quelqu'un me parler de toi, papa.

Chaparder la monnaie de ton souvenir.

Et puis après, oui c'est promis, te laisser en paix.

Et revenir sur mes pas.

# 53

Il y a trois jours, une patrouille est rentrée au fort et a fait son rapport au commandant et aux chefs des deux délégations. Des pieux que nous avions fichés en terre pour marquer l'emplacement de la frontière ont été déplacés au cours de la nuit.

Mazier, Auban et moi, accompagnés de deux cartographes italiens, nous nous sommes rendus sur les lieux. Toute la partie du piquetage qui s'écartait des vestiges du vieux mur de pierres sèches avait été reculée au détriment du territoire français. « Ils ont en tête une autre limite, a remarqué Mazier. Voyez l'alignement. » Nous avons examiné le nouveau tracé. Celui-ci s'appuyait sur plusieurs repères dont il n'avait jamais été question jusqu'à présent : la lisière d'une forêt de sapins, un chemin à peine marqué dans l'herbe par ses ornières. Et un ruisseau large d'une enjambée.

Le comte Bastien de Saint-Hilaire et le marquis de Montferrat, en accord avec le commandant du fort, ont décidé qu'il ne fallait pas céder. Dans la journée, tous les pieux ont été réimplantés dans leur position initiale. Des patrouilles ont été organisées.

Le temps que les tensions s'apaisent, nous avons reçu l'ordre de rester cantonnés au fort. Je ronge mon frein de ne pouvoir rencontrer le maire afin d'obtenir le certificat de décès. Ma décision est prise : dès que j'aurai obtenu le document, je partirai. Le jour même, je quitterai Mazier, Auban et tous ces cartographes traceurs de frontière. Je les abandonnerai à leurs rêveries. Je les laisserai détruire seuls la subtile relation que les gens de la vallée ont établie avec leurs paysages. Je ne veux plus être dans le camp de ceux qui séparent, tranchent, mesurent, excluent. Cela ne m'intéresse pas.

Contrevenant aux ordres, les maçons piémontais décident de se rendre à Vinadio. J'en profite pour me mêler à eux. C'est une ville dans l'émotion que nous découvrons. Dans les rues, sur les places, devant les auberges, partout, des groupes d'habitants palabrent avec vivacité. Je prends la mesure de la colère que nous avons contribué à lever. Cette exaspération populaire a quelque chose d'effrayant. Ses racines sont profondes.

Heureusement, mes vêtements miteux qui excluent que je sois le représentant d'un quelconque pouvoir, mon âge, ma connaissance de la langue, le fait que je suis arrivé avec les Piémontais, me permettent d'échapper à toute altercation.

Je finis par trouver la maison du maire.

C'est l'heure du déjeuner et une servante, après avoir pris ses ordres auprès de son maître, me demande de la suivre dans un petit salon. La maison est située dans une rue proche de l'église. Le soleil éclaire sa façade aux fenêtres entrouvertes sur la douceur printanière. Des éclats de voix me parviennent de la salle à manger.

La porte du salon s'ouvre enfin et un homme s'avance vers moi.

— A qui ai-je l'honneur ? me demande-t-il avec une pointe d'ironie.

— Je m'appelle Camille Neuvialle. Je viens de Lyon où je suis maçon. Mon père est enterré dans le cimetière de Vinadio. J'ai besoin d'un certificat de décès pour régler des affaires de famille.

— Camille Neuvialle…

— Oui, monsieur.

Je tends mon passeport de l'intérieur et mon livret d'ouvrier. Il regarde attentivement les papiers, lève la tête.

— Je connaissais votre père. D'ailleurs, vous lui ressemblez un peu. C'était un excellent maçon. Il a travaillé pour moi. Suivez-moi.

Il me conduit dans son bureau. Une large baie donne sur un jardin en fleurs. Il règne dans la pièce une odeur de parquet ciré, de vieux livres et de cigare. Des tentures lourdes encadrent les fenêtres. En me retournant, j'aperçois un jupon dans l'encoignure d'une porte. Des rires légers, une cascade de pas dans l'escalier. Et le silence revient.

— Vous venez de loin pour obtenir ce document.

— Oui, de loin.

— Votre père était un ouvrier comme on en trouve peu. Je lui avais donné à remonter une bergerie partiellement écroulée dans la montagne. Il s'est acquitté de son travail avec intelligence.

Je reste de marbre.

— Il aimait travailler les murs de pierres sèches. Ce qu'il a fait ici et là est remarquable. Vous m'avez dit Neuvialle ?

— Oui, monsieur.

Le maire ouvre la porte d'une armoire et sort un registre d'état civil.

— Voyons, c'était il y a deux ans... En novembre, je m'en souviens. Le 14 novembre. Neuvialle, Pierre, né à La Nouaille, canton de Gentioux, c'est cela ?

— Oui, monsieur.

Le crissement du paraphe sur le papier me paraît emplir toute la pièce. Cet homme vient de signer la libération de ma mère. La mienne aussi.

Le maire me tend la feuille. Mais, alors que je m'en saisis, je perçois une résistance.

— Dites-moi, jeune homme... Que faisait-il avec cette femme ? Ce n'est pas votre mère, bien sûr ?

— Non, ce n'est pas ma mère.

— Et ?

— Il nous a abandonnés, maman et moi.

Il lâche sa prise et se rejette contre le dossier du fauteuil.

— Emilia... Une excellente couturière. Je demanderai à mon épouse, mais, j'en suis presque certain, elle a travaillé ici. Tenez !

Il me montre les rideaux de son bureau.

— Ça me revient maintenant. C'est elle qui a fait ces tentures. D'après ma femme, son travail était correct. Elle avait été ouvrière à Lyon, dans des filatures je crois.

Il guette l'effet de ses paroles. Je ne cille pas.

— Elle vit toujours dans une petite maison qu'ils s'étaient achetée en arrivant. Près de la rivière, avec une lucarne dans le toit en pente et des volets bleus. Vous ne pouvez pas la manquer...

— Je n'ai rien à voir avec cette femme. Les souvenirs de mon père me suffisent.

Il hoche la tête.

— Je comprends…

Le maire me raccompagne. Lorsque la porte se referme dans mon dos, je reste saisi par la chaleur qui règne dans la rue. Je vérifie que le certificat est bien dans ma poche. Personne au monde ne pourrait me l'arracher.

L'église est toute proche. Je veux revoir le décor de la scène que Giuseppe m'a rapportée et à laquelle j'ai si souvent pensé. Je pousse le portail clouté et m'avance vers le chœur. Dans une absidiole, je découvre la statue de saint Ambroise. La ruche est posée sur la Bible telle que Sabastano l'a moulée. Et d'un coup, je me vois refaire à l'envers le chemin sur lequel m'a jeté Giuseppe le colporteur. Ce long chemin jusqu'ici.

Je traverse la rivière et m'engage sur la route qui conduit à Fort-Tenibre. Je me retourne une dernière fois sur Vinadio. Derrière la découpe des toits, un peu à droite du clocher, je remarque un rectangle de terre accroché dans une pente qui domine la ville. Des dizaines de silhouettes munies de pioches et de pelles, à ce que je peux en juger à cette distance, s'activent sur le sol retourné.

## 54

En fin d'après-midi, Louis Mazier rejoint Camille devant le bâtiment au pied du fort.

— Le commandant a appris ton escapade. Il est furieux.

— Ce n'était pas une escapade.

— Il fallait m'en parler ! Je t'aurais dit…

— Ça n'aurait rien changé.

— J'ai plaidé ta cause mais Bastien de Saint-Hilaire s'est montré intraitable. Il ne veut plus te voir ici. Tu vas devoir plier bagage. J'ai insisté pour qu'on te paie ton compte. Tiens, voilà.

Camille prend les quelques dizaines de francs que lui tend Mazier.

— Aucune importance. De toute façon, j'allais partir.

— C'est pour ce qui s'est passé l'autre soir ?

— Qu'est-ce qui s'est passé l'autre soir ?

— Rien. J'ai seulement cru que…

— Qu'est-ce que vous avez cru ?

— Je n'ai pas voulu te blesser.

— Je sais. N'en parlons plus.

— Tu allais partir sans me saluer ?

Camille hausse les épaules.
— Tu l'as retrouvé ?
— Quoi donc ?
— Ton père !
— Oui.
— C'est à cause de lui que tu t'en vas ?
— Là où il est, il n'a plus besoin de moi. D'ailleurs, il n'a jamais eu besoin de moi.
— Qu'est-ce que tu veux dire ?
— Je veux dire qu'il est mort. C'est sa tombe que j'ai trouvée.
— Je suis désolé.
— Il n'y a pas à être désolé.
— Perdre son père, tout de même…
— Je le croyais vivant et je courais après un mort. Enfin, c'est plus compliqué. Il est mort environ trois ans après s'être enfui de Lyon. Au moins, il a connu trois ans de liberté.
— Ce n'est pas en abandonnant sa famille qu'on gagne sa liberté… On a quand même bien travaillé tous les deux, reprend Mazier. Je regretterai ce temps.
— Le temps du théodolite, murmure Camille.
— C'est cela. Une semaine de plus et tu étais capable de faire seul un relevé à la planchette. J'espère que tu vas continuer à étudier.
— Non, je ne crois pas.
— Il le faut ! Tu pourrais suivre des cours du soir à Lyon.
— Vous parlez comme votre ami Charles.
— Ecoute-moi, Camille. Tu n'es pas fait pour rester maçon. Le travail des limousins, c'est ce qu'il y a de

plus dur dans le gros œuvre. Le compagnonnage leur est refusé.

— Je ne sais pas ce que je vais faire, Louis.

C'est la première fois que Camille dit *Louis*.

— Je sais seulement que je vais quitter cet endroit. Et puis, je vais vous dire…

— Oui ?

— Je ne suis pas si fier que ça de ce qu'on impose aux gens d'ici.

— Qu'est-ce que tu racontes ?

— Mettez-vous à leur place. Ils vivaient dans une montagne perdue. Tant bien que mal, c'est vrai. Et nous, on débarque. On leur dit : « Ici, ce sera toujours chez toi mais là-bas ce sera chez l'autre. Toi, tu seras français et ton voisin il deviendra italien. Entre vous, il y aura un mur invisible. On l'appellera *frontière*. Vous n'aurez pas le droit de le traverser. On mettra des gabelous et vous paierez des taxes. » Comment voulez-vous qu'ils ne soient pas remontés contre nous ?

— On leur apporte le progrès, Camille ! Ils vont devenir les citoyens d'un Etat puissant. On va construire une route depuis Saint-Etienne-de-Tinée qui arrivera jusque-là. Repasse dans dix ans, tu verras, ils vivront mieux.

— Et leur ville ? Je suis d'accord, la place principale, les boutiquiers, les auberges, l'église sont sur la rive italienne. Et de notre côté, les faubourgs miteux. Mais avant, tous ces gens appartenaient à la même bourgade. Pauvres ou riches, ils disaient : « Moi, je suis de Vinadio. » Ce n'est pas rien, être de quelque part.

— Et devenir français ? Tu crois qu'ils ne peuvent pas en éprouver de la fierté ?

— Vous ne comprenez pas... Moi, ça fait des mois que je suis sur les routes. On pourrait croire que je suis de nulle part, un gars poussé par le vent. Eh bien, le matin, quand je me réveille après avoir dormi dans une grange ou un fossé, j'ai besoin de penser que je viens de quelque part. Même si c'est petit, pauvre et perdu. Alors, si on me demande qui je suis, je ne dirai pas : « Je suis français. » Je répondrai : « Je suis des Bois d'en Haut. »

— C'est terrible ce que tu dis là !

— C'est comme ça.

Mazier arbore cet air sévère des supérieurs s'adressant à un subalterne qui vient de les décevoir. On ne lui a pas seulement enseigné la trigonométrie et le calcul différentiel dans son école d'ingénieur. On lui a aussi appris à ne jamais céder sur sa légitimité. Or, ce que vient de proférer Camille fouette sa conscience d'appartenir à une élite.

— Je crois, Camille, tout au contraire de toi, qu'il faut des bornes. Des parois contre lesquelles s'appuyer pour se construire. Regarde autour de nous, il y a toujours un intérieur et un extérieur. Un ici et un ailleurs.

— Le ciel n'est pas compartimenté.

Sous le coup de ce qu'il prend pour une provocation, Mazier secoue la tête.

— La France est notre patrie, Camille ! Je me réjouis de voir son territoire s'agrandir, de participer au tracé de sa nouvelle frontière. D'ailleurs, quand tu dis « Je suis des Bois d'en Haut », c'est bien que tu as cerné ton village d'une limite. Sinon tu dirais : « Je suis de l'Europe. De l'hémisphère Nord. » Pourquoi pas de la Terre ? Et là, tu ne serais personne.

— Et ça ? dit Camille en pointant les nouveaux créneaux du fortin tournés vers l'Italie. Vous vous en réjouissez aussi ?

— Une nation a le devoir de se protéger. C'est comme une maison. Le soir, on ferme les volets et on cadenasse la porte. Dans quel monde crois-tu vivre ?

Les deux hommes se taisent. Leurs mots trahissent un tel divorce qu'ils sont surpris d'en être arrivés là. Etonnés aussi d'avoir aimé travailler ensemble.

Mazier reprend la parole.

— Tout ça, c'est des idées ! Les gens s'adapteront. Ils prendront de nouvelles habitudes. Après tout, on n'a pas chamboulé leurs montagnes. On n'a pas touché à leurs prés, ni détourné leur rivière.

Mais en même temps qu'il parle, il comprend qu'avec son théodolite il vient justement de déplacer les montagnes, d'enchevêtrer les pacages et de creuser le lit d'une autre rivière.

Ils se quittent sur cette mésentente, se saluant avec froideur. Camille regarde Mazier remonter au fort. Il s'en veut de lui avoir livré le fond de sa pensée. Mais comment se taire ?

Il est trop tard pour quitter Fort-Tenibre. Profitant du jour qui reste, Camille rassemble ses affaires. Il partira demain, à l'aube. Seules les sentinelles sur les remparts le verront s'en aller. Et aussi les Piémontais qui dorment dans la grande pièce qui sert de chambrée.

Camille s'avance sur une plateforme rocheuse qui domine le chemin menant à Vinadio. Il regarde cette campagne dont il connaît à présent les replis et les secrets. Il se revoit piqueter des jalons, tendre la chaîne d'arpenteur, tenir la mire… Il croyait mesurer des distances. C'étaient des souvenirs, des gestes, des fidélités qu'il emprisonnait dans les colonnes de ses tableaux. La gorge serrée, il ferme les yeux.

Et penser à Angela ne dissipe pas sa tristesse.

Dans son dos, près du bâtiment, les Piémontais parlent avec animation. Ces hommes seront les seuls auxquels il dira adieu. Des bribes de leurs conversations lui parviennent. Peu à peu, Camille comprend qu'il est question d'une seule chose.

Tellement incroyable qu'il se lève et les rejoint.

## 55

Le lendemain matin, et contrairement à ce qu'il avait prévu, Camille part en direction de Vinadio. Il traverse la ville et s'engage dans le chemin creux qui longe les vestiges d'anciens remparts. En lisière d'une forêt dominant le bourg, il s'arrête. Ce dont parlaient les Piémontais et qu'il avait entrevu la veille, est là, sous ses yeux : un grand rectangle de terre retournée. Dans cet espace, une cinquantaine d'hommes munis de pioches et de pelles terrassent des allées tracées au cordeau et se coupant à angle droit. Dans les parties laissées vacantes, des villageois, femmes et hommes mêlés, fouillent le sol. A grandes enjambées, dans sa soutane noire, un prêtre va d'un groupe à l'autre.

D'autres habitants arrivent, l'outil sur l'épaule, le visage sérieux et déterminé. Camille s'écarte. La colonne passe devant lui, ne lui accordant aucun regard. La ville paraît s'être donné rendez-vous dans cette pente exposée au sud, tournée vers Fort-Tenibre, là-bas dans le lointain.

— Tu n'aides pas, toi ?

Camille sursaute. Un homme lui tend une pelle.

— Il y a du travail pour tous.

Camille saisit le manche et dit :

— J'arrive.

L'homme le conduit sur une zone où une vingtaine de types creusent une allée. Le rocher est à fleur de terre et des étincelles jaillissent au bout des pics. Les hommes frappent de toutes leurs forces, certains avec habileté parce que ce sont des gens du peuple, des journaliers, des artisans. D'autres, qu'on imagine plus aisément derrière un bureau ou un comptoir, maladroitement.

Camille prend sa place sur le front de taille. Ses voisins observent la dextérité avec laquelle il fouille les fissures du rocher, immisce la pointe de sa pioche dans le moindre ressaut de pierre, fait sauter les éclats. On l'imite.

En fin de matinée, des femmes restées en lisière crient qu'il est temps de se nourrir. Le travail s'interrompt. En sueur, Camille suit ses compagnons. Sur des draps étendus à même le sol, sont disposés des mets simples et goûteux comme il s'en prépare les jours ordinaires.

Mais ce n'est pas une journée ordinaire.

Tout le monde s'assoit dans l'herbe, certains un torchon sous les fesses et une serviette autour du cou. D'autres, sans façon. Le maire, installé sur une chaise que son épouse lui a apportée, trône au cœur de ce désordre qui n'en est peut-être pas un. Le prêtre reste debout.

Tous mangent de bon appétit.

Les conversations, empreintes d'une certaine solennité malgré les pichets de vin qui circulent, bruissent sans éclats. Il est question de l'enceinte dont il faudrait entourer la parcelle. Un homme suggère qu'on utilise les pierres du mur qui a jadis contenu le choléra.

— Si monsieur le curé est d'accord, après les avoir bénies, pourquoi pas ? dit un gringalet au visage d'homme à paraphes et à cachets de cire.

— Et toi, qu'est-ce que tu en penses ? demande un autre en s'adressant à Camille. Je t'ai vu piocher. Tu es du métier, ça ne trompe pas.

— Ce sont de belles pierres, répond Camille.

Le groupe reste silencieux après cette phrase qui convient à chacun.

Le travail dure tout l'après-midi. Camille ne songe pas à repartir. La certitude de partager un moment tel qu'il n'en vivra plus jamais est trop forte. La fatigue, la conscience de faire quelque chose de mémorable, gomme les frontières entre les êtres. Une sorte de fièvre heureuse anime les travailleurs. On se parle sans arrière-pensée, on s'entraide. Des mains qui ne se seraient jamais serrées en temps ordinaire se frôlent en agrippant le même outil, la même pierraille. Les verres passent de l'un à l'autre, sans que personne ne songe à les essuyer.

Il y a sur ce champ retourné, quadrillé et percé de trous rectangulaires, l'air extravagant d'une utopie qui se réalise.

Un homme aux allures de boutiquier, qui pioche en ahanant à côté de lui, dit à Camille :

— Quand on aura terminé ici, moi j'ai un caveau à creuser. Pour toute ma famille. Les Vitellini. Tu es trop jeune pour les avoir connus. Sept corps. Je suis le dernier.

Camille ne répond pas.

— Et toi, c'est pour qui ?

— Pour mon père.

— Où vas-tu creuser sa tombe ?

Camille se redresse. Regarde la multitude qui pioche et pellette dans le nouveau cimetière de la ville. Le cimetière qui sera du côté de l'église. Du côté italien.

— Là-bas, dit-il d'un coup de menton.

— Ah oui… C'est un bon emplacement.

Et après s'être passé un mouchoir sur le front, l'homme ajoute :

— On n'allait quand même pas leur laisser nos morts aux autres en face.

Le soir avance. Les hommes et les femmes redescendent à la ville ou dans leurs fermes. Il y a des soupes à éplucher, des enfants à coucher, des bêtes à nourrir et à traire.

Lorsqu'il est évident que le chantier se dépeuple, les maréchaux-ferrants de Vinadio rassemblent les pioches émoussées et les bêches qui nécessitent un affûtage. Les outils sont jetés pêle-mêle dans des chariots, sans distinction de propriété. Comme des brassées de fusils pris à l'ennemi au soir d'une victoire.

— C'est toi, Camille ?

Camille se retourne.

Une femme brune se tient devant lui.

# 56

Elle n'a pas besoin de dire qui elle est. Il l'a tant imaginée, tant détestée. Spontanément, il la compare à sa mère. Paraît-elle plus jeune, plus belle ? Qu'a-t-elle de plus ? Valait-elle toute cette peine, tous ces chagrins ?

— Comment vous savez ?

— Tu lui ressembles.

Elle fait volte-face et repart.

Rien ne se passe comme Camille l'a prévu. Il regarde autour de lui le grand terrain défoncé. Que fait-il là, parmi ces villageois animés par l'étrange folie de déplacer leur vieux cimetière sur la rive de l'église, celle de leurs fidélités ? Il songe au théodolite de Mazier. Que l'ingénieur n'est-il pas là pour voir ces gens heureux de renouer avec leurs morts ! Heureux de leur préparer de nouvelles tombes comme on refait les draps d'un lit pour le repos éternel. Il lui aurait dit : « Regarde, Louis, ce que nous avons provoqué. Regarde ! »

Il la rattrape dans la descente.

Côte à côte, ils marchent. Elle, vêtue en grand deuil, les cheveux de jais, dans la toute-puissance de son âge. Lui, la tignasse presque blonde retombant sur ses épaules prises dans une chemise de lin, le pas légèrement dansant. Moins de vingt ans les séparent.

— J'habite près de la rivière.

— Je sais.

Elle pince les lèvres en détournant la tête. C'est son truc de regarder ailleurs, de donner à voir son profil et soudain de planter ses yeux noirs dans vos yeux. Mais Camille est sur ses gardes. Il sait que c'est une femme à représentations. Il l'a exécrée pour cela, dès le début. Pour sa manière de jouer la comédie, même à propos de la mort. Avec elle, pense-t-il, tout est en trompe-l'œil. Son père était pareil.

— Tu me détestes, n'est-ce pas ?

Il ne répond pas. Sa colère, qui l'a tenu debout jusque-là, s'est érodée. C'est elle, pourtant, qui lui a permis d'arriver à Vinadio. Et lorsqu'il a été enseveli par la montagne, il s'y est encore accroché pour continuer à respirer sous la terre. A présent qu'Emilia va à son côté, c'est plus compliqué.

Dans la rue qui longe le torrent, elle s'arrête devant une maison aux volets bleus.

— Il me parlait sans cesse de toi. J'étais jalouse.

Il ne sait que dire devant une telle audace. Décidément, elle est de première force. Et si son père aussi avait été abusé ?

— Ton père et moi, dis-toi simplement que c'est arrivé. Je ne voulais pas tout ça. Mais quand on s'aime, on ne mesure pas.

Camille comprend l'ironie que contient la sentence. « Quand tu aimeras », voilà ce qu'elle a voulu dire. Elle le prend pour un enfant. Mais que sait-elle de la force de ses sentiments ?

— Toi et moi, on a beaucoup de choses à se dire, ajoute-t-elle.

— Je ne crois pas.

— Moi, je crois que si. Tu ne serais pas resté à piocher dans le nouveau cimetière, sinon.

— Pourquoi je vous écouterais ?

— Est-ce que tu as un toit pour ce soir ?

— Il y a une auberge à la sortie de la ville. Du côté français…

— Alors, tu restes à Vinadio ?

Il fait semblant de ne pas entendre.

# 57

Le lendemain, Camille reprend sa place dans l'armée de terrassiers. Il cherche Emilia des yeux, mais ne la voit pas.

Toute la nuit, il a réfléchi à ce qu'elle lui a dit. Pas grand-chose, finalement, mais assez pour comprendre que dans chacune de ses phrases, un double sens lui saute au visage. En comparaison, sa mère s'adresse à lui dans une forme de limpidité. Ses mots sonnent d'un sens précis, sans ombre. Bien qu'à y réfléchir, les silences de Marie Neuvialle recouvrent beaucoup de secrets.

Elle arrive au milieu de l'après-midi. Régulièrement, il regarde dans sa direction. Enfoncée jusqu'aux genoux dans la tombe, elle pioche et pellette avec vigueur.

Camille quitte le groupe avec lequel il travaille et la rejoint.

— C'est pour lui ? demande-t-il.

Elle ne s'interrompt pas. Elle a retiré la terre arable et le sol est devenu pierreux. Camille observe ses épaules, ses bras. La force qui cambre ses reins lui rappelle celle de sa mère levant les bottes de foin.

Essoufflée, elle se redresse.

— Oui. Tu dois le savoir, j'ai laissé tous mes morts dans un village de la Valsesia. Et les vivants aussi. Pour lui.

La sueur ruisselle sur son front mat.

— Je peux aider ?

— Est-ce que tu le veux vraiment ?

— C'est mon père.

— Arrête ! Tu le détestes ! C'est pas la peine de dire le contraire, je l'entends, je le vois.

Ses mains volent de ses oreilles à ses yeux.

Camille saute dans le trou et saisit le manche qu'elle agrippe.

— Donnez-moi.

Elle cède et remonte sur l'herbe.

— Finalement, il sera mieux ici, dit-elle. Il aimait regarder vers le sud. Son rêve, c'était Marseille.

Camille pioche tout l'après-midi. Le sol est dur et il doit emprunter une masse et une barre à mine à une famille de paysans mieux outillés qui creusent une grande fosse à côté d'eux.

— C'est sain, dit-il.

Lorsqu'il relève la tête, il voit sa silhouette noire le dominant à contre-jour sur un ciel devenu d'ardoise.

— Tu as soif ?

Elle s'agenouille et lui tend une écuelle. Il s'en saisit. L'eau coule de son menton jusqu'à sa poitrine brûlante.

L'orage monte au-dessus de Fort-Tenibre. La chaleur est oppressante. Des hirondelles volent au ras du sol, piochant dans une manne épaisse de moustiques.

Les premiers éclairs foudroient l'horizon sur le massif d'Asueros. Les femmes rassemblent les provisions. On range les outils. Les plus organisés tendent des bâches au-dessus des fosses. Tout le monde repart.

Camille et Emilia sont aux abords des vieux remparts lorsque des gouttes tombent sur les feuilles, lourdes comme des plombs.

— Allons-y ! dit-elle en s'élançant.

La pluie battante les rattrape, les enveloppe. Ils pressent le pas. Emilia trébuche et Camille la retient par le coude. Elle ne cherche pas à se dégager. L'eau ruisselle sur leurs vêtements minces. Un coup de tonnerre éclate, caverneux, venu des tréfonds du ciel. Son écho les atteint en pleine course.

— Entre ! N'aie pas peur.

Mais il a peur.

— Il faut se sécher si on ne veut pas attraper la mort, dit-elle.

Camille se tait. Il regarde la pièce qui occupe le rez-de-chaussée. Il ne peut se détacher de l'idée que son père a vécu là. Malgré sa répulsion, il cherche des indices de sa présence : son vieux chapeau acheté à Gentioux, une paire de bottes, sa pipe, une canne à pêche… Mais il ne voit rien.

Dans un coin, près de la fenêtre qui donne sur la rivière, une table avec des coupons de tissu et une mallette de couturière. Des ciseaux, des aiguilles, des fils de toutes les couleurs. Camille pense à sa mère.

— J'ai une bonne clientèle à Vinadio.

— Le maire me l'a dit, répond Camille.

— Le maire ? Ah ! oui. Les rideaux de son bureau…

Penchée en avant, elle sèche sa chevelure dans un torchon. Camille lui tourne le dos. Il ne veut pas la regarder, lui donner l'illusion que son père, par ses yeux, la contemple toujours.

— Ne reste pas comme ça ! Pose ta chemise.

— Non…

— Ne sois pas bête. Allez !

— Non.

— Tu pourrais être mon enfant, tu le sais ? Alors, dépêche-toi !

Elle ouvre une armoire et sort une chemise.

— Enfile-la.

Camille secoue la tête.

— Cette chemise était à ton père. Il serait heureux de la savoir sur tes épaules.

Camille se met torse nu. A l'aide d'un linge sec, elle essuie son dos, sa poitrine.

Se recule brusquement.

— Habille-toi.

Une blancheur dans la voix.

# 58

Je me suis enfui. Elle voulait me retenir, que je dorme dans le grenier. Il y avait un vieux lit, elle allait y mettre des draps. Elle n'essayait pas de me séduire, plutôt de m'apprivoiser. Mais c'était impossible. Je l'ai trop haïe. Trop souffert de son existence.

Je me suis approché de la porte, à reculons. Je devais avoir l'air d'un fou. J'ai crié. « Comment avez-vous pu ? » Oui, ce doit être ça : « Comment avez-vous pu ? » Elle me regardait, elle n'avait pas peur de moi. C'est une femme qui ne connaît pas ce genre de frayeur. Elle savait exactement ce que j'allais faire et cela attisait ma rage.

J'ai couru.

Sur la berge, je me suis arrêté et j'ai vomi. Une bile aigre accrochée à mes lèvres, qui coulait en filaments. Les pluies d'orage avaient gonflé les eaux de la rivière. Accroupi, je les observais d'un regard vide. Leur vacarme a assourdi le chambard dans ma tête. Un arc-en-ciel, jailli au-dessus de Fort-Tenibre, enjambait la vallée. J'ai marché pour reprendre mon souffle avant d'arriver à l'auberge.

Dans la cambuse qui me sert de chambre, j'ai retiré la chemise de mon père. Plutôt, je l'ai arrachée. Elle me brûlait. Je l'ai jetée sur le plancher, piétinée. Quand je partirai, je la laisserai. Un domestique la portera.

Je t'en prie, maman, pardonne-moi de m'être approché d'eux.

Je n'arrivais pas à m'endormir. Et j'ai enfin compris ce qui m'avait bouleversé. C'était l'absence de mon père. Dans la maison aux volets bleus, rien que je puisse reconnaître ne trahissait son passage. Aux Bois d'en Haut, tout parle encore de lui. Cinq ans sont passés et il n'y a pas le contenu d'un tiroir, le pied réparé d'une chaise, le manche usé d'un outil, une barrière, un arbre qui ne me renvoie à sa mémoire.

Et là, rien.

La nuit, le visage est apparu. Il s'est approché tout près de moi, m'a examiné avec une attention pleine d'une douceur qu'il n'avait jamais exprimée. Ses doigts se sont posés sur mon front, mes tempes, ont touché mes lèvres. Des petits doigts souples, presque sans ongles. J'ai hurlé. Mon cri m'a réveillé. Des protestations ont fusé derrière les cloisons qui ne sont faites ici que de voliges. Puis le calme est revenu dans l'auberge assoupie. Moi, je ne voulais pas me rendormir. J'avais peur de me retrouver de nouveau les yeux dans les yeux avec le songe. Son regard tout à la fois mort et curieux de moi.

Après, je ne me souviens plus.

Un rai de soleil me tire de mon sommeil.

L'auberge s'éveille. Je descends dans la cour. Un cocher sort ses chevaux des écuries. Trois voyageurs, des sacs de cuir à leurs pieds, attendent en parlant italien qu'on vienne les chercher. Des filles de salle courent de la cuisine au puits. Tout paraît normal dans cette ville prise de folie. Des chars arrivent des fermes alentour pour reprendre le travail de terrassement. Des maçons, juchés sur le plateau d'une carriole, passent en me regardant. A leur côté, dans des auges, bringuebalent leurs truelles. C'est un matin d'été, je suis libre. Le jour m'appartient.

Et je pense à Angela.

Pourquoi je repars vers la rivière ? Je n'en sais rien. Je traverse la place de l'église, remonte le chemin qui grimpe depuis les vieux remparts. Elle est déjà là, qui pioche.

C'est en la voyant cogner le rocher à grands coups d'un pic trop lourd pour elle, que pour la première fois je la considère autrement que comme l'artisan de mon malheur.

# 59

— Je suis revenu.

Elle ne s'interrompt pas.

Camille saute dans la fosse.

— C'est trop dur pour vous. Laissez…

Ils sont face à face dans le rectangle de terre et de pierre sombres, enfoncés à mi-cuisses. Il lui prend la pioche des mains.

— Qu'est-ce que tu sais de la dureté, toi ?

A peine la phrase prononcée, elle regrette. Il le voit sur son visage. Alors, elle cède.

Il creuse toute la matinée. Elle, reste sur le bord. Lorsqu'il lui demande la pelle, elle lui tend la pelle. Lorsqu'il dit « burin », elle lui glisse le ciseau dans la main. De temps en temps, elle lui donne une écuelle d'eau claire comme on ferait pour un enfant sur lequel on veille. Il boit goulûment. Elle le regarde boire. Lui, s'abandonne à ce regard qui lui vole quelque chose qu'il ignorait posséder.

La famille qui travaille à côté d'eux les observe avec curiosité. La plus vieille des femmes, à l'heure de la pause, leur tend une tranche de pâté qu'ils acceptent. Ils échangent quelques phrases. Tout le monde se parle dans le nouveau cimetière. Même si chacun sait qu'un jour un mur clôturera le lieu, qu'une grille condamnera son entrée. Les tombes deviendront alors des caveaux ou de simples carrés pour les pauvres. Et le silence régnera de nouveau sur ce coin de terre.

Le maire et le curé passent au milieu des terrassements. Ils connaissent chaque famille, formulent un encouragement pour tous. Quelques fois ils s'arrêtent et regardent avec gravité l'horizon. C'est un moment inoubliable. Tout le monde se souviendra avoir participé à la transhumance des morts. Chacun pense déjà : « Je pourrai dire que j'y étais. J'ai vu le maire et le curé aller de tombe en tombe. Tout le monde se parlait, se regardait comme on doit regarder un homme ou une femme, sans savoir rien d'autre de lui qu'il est frère humain. C'était bien. »

Le maire et le curé ne sont pour rien dans ce qui arrive. On ne lutte pas contre des forces venues de telles profondeurs. C'est le prêtre, le premier, qui a pressenti le mouvement. Des conciliabules, des groupes qui se taisaient à son approche, les curés sont habiles à débusquer les secrets. Le maire, par d'autres voies, a compris un peu après. Il n'a pas accès aux âmes, lui.

Quand ils ont pris la mesure de ce qui se passait, ils se sont rencontrés. Ils n'ont pas cherché à nier que ce qui se tramait les mettait hors jeu. C'était comme ça, un point c'est tout. Ce genre de remue dépasse les hommes de pouvoir, à Vinadio comme ailleurs. Alors, ils ont pris conseil auprès du notaire et de son neveu, du gros minotier, en amont de la ville. Et même de l'horloger de la rue Lomellina qui passe pour un homme avisé pour avoir vécu à Turin. Tous ont répondu la même chose : « On ne va pas leur laisser nos morts. En terre étrangère… » Du coup, ils ont décidé d'accompagner le mouvement plutôt que de le combattre en pure perte.

Une brume de chaleur recouvre la plaine. Au loin, les murailles de Fort-Tenibre sont à peine visibles. Camille et Emilia sont assis dans l'herbe. Ils ont tant de choses à se dire, ils ne savent pas par où commencer. Ou plutôt, ils préfèrent retarder l'instant des mots, l'instant des mensonges, même s'ils aimeraient ne pas mentir.

— Ça s'est fait comme ça. Peut-être qu'il y pensait et moi aussi. On n'en avait jamais parlé. Mais lorsqu'il m'a dit « Je vais profiter de la crue pour disparaître. Tu me rejoindras plus tard. On refera notre vie… », ça m'a laissée sans voix. Lui aussi, je crois, était surpris par ses propres paroles. C'est l'expression « refaire sa vie » qui m'a gênée. J'avais assez vécu pour savoir que ce n'est pas possible. La veille, il m'avait dit que, dans deux ans, il arrêterait de venir à Lyon. L'idée de me laisser le dévastait.

« Tu sais, Camille, ce n'est pas facile de disparaître. C'est un souci de chaque instant. Tu n'imagines pas… Pardon, ce n'est pas ce que j'ai voulu dire.

Elle s'interrompt. Elle ne voudrait pas l'avoir blessé, qu'il se cabre et la plante là.

— Après, ça n'a plus été pareil. Il y avait ta mère et toi entre nous. On n'en parlait pas, bien sûr, et tu vas me dire que c'était vrai avant, pendant toutes ces années. Mais vous n'en souffriez pas, le silence vous protégeait. Ton père n'était pas infidèle. Il était fidèle à deux femmes. Dès le début, il m'avait dit sa situation. Je mentirais si je te disais le contraire.

« Oui, après la crue c'est devenu différent. Evidemment, on a eu de bons moments. Mais les choses avaient un fond d'amertume. De mon côté, je n'avais pas à me plaindre. Il m'avait fait le don de sa vie, de son honneur d'époux et même de toi. Cadeau royal pour une maîtresse. On n'est pas habitué à recevoir autant, ça fait mal.

« On a vécu ici et là, jamais longtemps au même endroit. Que n'a-t-on fait pour échapper aux gendarmes, aux contrôles de livrets ! On y est arrivé, je ne sais pas comment. Lui trouvait facilement à se faire embaucher. C'était un maçon et un tailleur de pierre habile. C'est à cette époque que j'ai pensé gagner ma vie comme couturière. Il m'a acheté une mallette à la foire de Sisteron. L'un de nous deux avait toujours de l'ouvrage. Souvent les deux. On parvenait même à faire des économies.

« Et puis, un jour, on s'est dit que ça ne pouvait pas durer. Alors, on s'est enfoncé dans la montagne, dans le comté de Nice. Nous avons mis une frontière entre la France et nous. C'était il y a trois ans. On est arrivé à Vinadio. On a acheté la petite maison que tu connais.

Le temps du repas est terminé. Les hommes referment leurs couteaux et se relèvent. Les femmes rassemblent les assiettes, plient les nappes, garnissent leurs paniers d'osier.

Camille reprend le travail. Est-ce un travail ? Emilia l'encourage du regard, tente de lui sourire. Il empoigne la barre à mine. Il veut cette tombe profonde, son fond plat, ses parois nettes, suffisamment grande. Propre à accueillir l'histoire d'un homme. A contenir ses rêves flétris. A enterrer ses regrets qui ne servent à rien qu'à faire souffrir les vivants.

# 60

C'est sur le chemin du retour, le soir, qu'il lui dit, d'une voix basse, presque fêlée, qu'il ne retrouve rien à Vinadio qui lui rappelle son père. Pas une trace, pas un souvenir. C'est comme si un étranger avait vécu dans la maison aux volets bleus

Ils marchent côte à côte. Des hommes et des femmes vont avec eux sur le sentier qui descend aux remparts. Malgré l'épuisement, un air de satisfaction éclaire les visages. On évoque ce qu'il reste à faire, le bonheur lorsque tout le monde sera ramené de ce côté. La grande célébration à venir. Le mot « cimetière », on l'évite. On dit « là-haut », « dans la pente au sud »… Des expressions qui ont un air de mystère et de promesse.

Devant la maison, elle dit :

— Je vais te montrer quelque chose. Attends-moi.

Il reste devant la clôture de bois sur laquelle court une clématite. Lorsqu'elle ressort, elle a quelque chose de changé, mais il ne sait pas quoi. Il n'a pas encore assez l'expérience des femmes pour comprendre leurs métamorphoses.

— Viens, dit-elle.

Cela ne déplaît pas à Camille d'aller à son côté. Son pas est alerte et ne s'épuise pas en arabesques. C'est une foulée au long cours qui n'a rien de triste, avec une grâce venue de l'enfance, des jeux de marelle et de cordes à sauter dans la pénombre des granges.

Ils sortent de la ville. Des alignements de pommiers en fleur bordent le chemin. Camille l'a déjà empruntée cette route, avec Mazier. Il reconnaît les endroits où il a installé le théodolite. Le ressaut de terrain depuis lequel on aperçoit le rocher du *Vecchio*. Le talus sur lequel il s'est assis pour noter les relevés.

Et là-bas, le mur de pierres sèches.

— Lorsque nous sommes arrivés à Vinadio, nous ne savions pas que nous y poserions nos valises. Nous allions devant nous, là, ailleurs, c'était pareil. Mais lorsqu'il a vu le mur, il a été pris. C'est lui qui a décidé de rester. Pour le mur et rien d'autre. Il l'a regardé, l'a touché. Il déplaçait une pierre du dessus et la remettait. Et je voyais bien qu'il était tout entier dans ses pensées. Moi, je n'étais pas contre le fait de nous installer au fond de cette vallée. Ça me rappelait un peu d'où je viens. Les vieux disent que ce rempart a servi à contenir le choléra ou la peste. Je crois qu'il a surtout permis qu'on arrête notre course.

« Au début, ce n'était pas facile. Des gens comme nous, arrivés de nulle part, sont toujours rejetés. On en a l'habitude. A Lyon, on ne nous attendait pas, tu as vécu ça, toi aussi. On connaît la musique : les regards, les plaisanteries, les sous-entendus, les insultes.

« Alors, il a eu une idée.

« Tu sais, Camille, ton père avait parfois des idées étranges. Il était…

— Bizarre ?

— Non ! Je crois que c'était un homme léger. Traversé par des vents qui l'emportaient on ne savait où. Il était très séduisant.

Elle s'interrompt. Camille n'a pas aimé le mot « séduisant ». Mais elle l'a prononcé avec tant de retenue qu'il a entendu la peine qui affleure. Est-ce que sa mère pourrait dire que son mari était séduisant ? Elle pourrait le penser, le murmurer quand elle est seule. Jamais devant un inconnu. Mais, après tout, est-il un inconnu pour cette femme ?

— Je ne veux pas dire que c'est pour être accepté par les gens qu'il a fait ça. Non. Je crois que c'était parce que ça lui faisait du bien. Ça le guérissait. C'était une manière de remettre en ordre quelque chose qui était cassé au fond de lui.

« Il voulait remonter le mur. Seul, il ne pouvait s'attaquer qu'à de petits tronçons, bien sûr. Mais ce qu'il faisait là, on pouvait imaginer qu'il était possible de le faire sur toute la longueur. Il reprenait une à une les pierres tombées. Il repérait l'aplomb de leur chute et cherchait à les mettre dans leur position d'origine. Comme s'il voulait reconstituer une histoire disloquée. Un jour il m'a dit que les pierres étaient les mots d'un texte qui avait été brouillé.

« Des gens sont venus voir ce qu'il fabriquait. Des hommes, des femmes, des enfants le regardaient. Fascinés par son habileté à retrouver la place que chaque pierre avait occupée. Lui, il ne les enfigurait pas. Il faisait, tout simplement. Indifférent à leur présence.

« C'est après, qu'on est venu le chercher. Le premier a été un propriétaire qui avait une ferme dans la montagne, du côté de Tollegno. Il lui a dit : "J'ai le refend d'une grange qui flanche." Pierre est allé sur place. Il a repris le mur. Comme ça s'est bien passé, par la suite il a toujours eu du travail.

Emilia s'arrête devant une partie de la muraille. Sur une vingtaine de mètres, à hauteur d'homme, le mur est parfaitement d'aplomb.

— Regarde. Voilà le tronçon dont il était le plus content. Il disait : « J'ai ramené le troupeau à l'écurie. Epaule contre épaule. »

Camille se tait. Il voit.

Son père avait depuis toujours une passion pour la maçonnerie de pierres sèches. Le mortier, disait-il, c'est pour aller vite, pour masquer l'imperfection du travail. Et là, Camille retrouvait sa patte. Sa connaissance intime des formes qu'on place l'une contre l'autre, comme deux corps qui s'épousent, ressoudant leurs brisures originelles.

Camille s'approche. Il pose les mains sur les parements, y appuie le front. La pierre est chaude en cette fin du jour. Sur Fort-Tenibre flotte une minuscule tache tricolore. Sous le vent, Emilia entend le clocher de Vinadio qui égrène des sonneries qu'elle ne cherche pas à compter.

Camille pleure.

Malgré l'élan qui la pousse à vouloir le consoler, elle ne bouge pas.

## 61

Il ne retourne pas à l'auberge, ce soir. Malgré la honte de trahir sa mère, il couche dans la mansarde de la maison aux volets bleus. Quelque chose en lui a cédé. Ça s'est passé sur le mur. Ses larmes ont emporté sa colère, pas toute, naturellement. La partie la plus sombre, la plus violente. Ce qui reste ne s'en ira jamais.

Emilia a réussi à l'apprivoiser. Sans vraiment forcer sa volonté, sans abaissement. Parce que c'est ainsi. Et puis, parce qu'il n'est pas dans la nature de Camille de haïr pour l'éternité.

Autour d'un souper frugal, elle lui parle de son père. De ce qu'il aimait faire. La pêche ? Non, elle ne l'a jamais vu une canne à la main. Ni même entendu parler poisson. Elle est surprise d'apprendre qu'il a transmis à Camille ses secrets de braconnier. Ici, il travaillait le jardin, coupait le bois pour l'hiver. D'humbles gestes sans trace, qui se fondent dans le néant du temps. Ah ! si, les persiennes… Il avait eu l'idée du bleu. « Un bleu tombereau », avait-il dit. Il l'avait trouvé chez le maréchal-ferrant de la rue Mottalciata avec lequel il passait du temps à parler. De quoi ? Elle n'a jamais demandé. Non, il n'allait pas dans les cafés. Il ne buvait pas.

— Et de moi, est-ce qu'il parlait de moi ?

— Non. Mais je peux te dire qu'il pensait souvent à toi. Certains soirs, il rentrait du travail le visage sombre. C'est le mot qui me vient à l'esprit, mais il n'est pas vraiment juste. Peut-être était-ce de la colère contre lui-même. Jamais contre moi, il ne m'a jamais frappée, tu entends. Il était très doux au contraire. Je voyais qu'il n'allait pas bien et ça me bouleversait. J'essayais de me glisser dans sa détresse, sans le bousculer, par des mots anodins, des attentions simples. Au plus mal, il ressortait et ne revenait qu'à la nuit. On m'a dit qu'il allait au mur et que, tant qu'il voyait ses mains, il replaçait les pierres.

« Je savais pourquoi il était ainsi. On n'abandonne pas sa femme et son fils sans que cela laisse une blessure ouverte. On peut vouloir fermer les yeux, se forcer à la joie, elle demeure en soi cette trahison. On la porte comme une cicatrice sur la figure. C'était un homme qui réfléchissait beaucoup, je ne te l'apprends pas. Il était plein d'idées. Il était allé longtemps à l'école contrairement à moi. Lorsqu'il allait mal, c'était à cause de toi et de ta mère. Il ne pouvait pas me le dire, encore moins me faire reproche de sa décision, mais il en souffrait.

Elle détourne la tête vers l'unique fenêtre, la main plaquée sur la bouche.

— Il ne s'est pas passé un jour depuis la crue du Rhône qu'il n'ait pensé à vous. C'était sa croix. Et d'une certaine manière, la mienne aussi.

— Comment est-il mort ?

— On ne sait pas. C'était un soir où, à peine rentré du travail, il était reparti sans un mot. Je ne me suis pas davantage inquiétée que les autres fois. Il revenait en principe vers onze heures, minuit. Mais cette nuit-là, il n'est pas rentré. Vers deux heures du matin, j'ai allumé un fanal et je suis partie à sa recherche, du côté du mur. Je n'y voyais pas grand-chose, il neigeait. C'était en novembre et les premiers flocons mouchetaient. Je criais : « Pierre ! Pierre... » J'entendrai ma voix jusqu'à la fin de mes jours. J'avais un pressentiment affreux. Nous avions berné la mort une fois. Elle se vengeait.

« Le lendemain, je suis allée voir des voisins. Je questionnais tous ceux que je croisais. Sur le chantier où il travaillait, sur le chemin qu'il prenait pour s'y rendre... Personne ne l'avait vu. Le maire a organisé des recherches, des hommes sont partis dans la montagne. Je suis allée à Fort-Tenibre demander si une patrouille ne l'aurait pas aperçu.

« Ce sont des chasseurs qui ont trouvé son corps dans une ravine au pied du pic Vignale. La tempe plaquée contre un gros rocher, il paraissait écouter. Mais qu'est-ce qu'on peut espérer entendre en collant son oreille sur une pierre ?

« Au-dessus, il y avait un aplomb d'une dizaine de mètres. On a pensé que la nuit, il était tombé accidentellement. Certains ont dit qu'il avait été poussé, le pic Vignale est un repaire de contrebandiers et de déserteurs. Il aurait fait une mauvaise rencontre.

— Et vous ?

— Quoi, moi ?

— Qu'est-ce que vous en pensez ?

— Je pense à son pied qui s'est posé sur le vide. A son dernier pas. Lui qui avait tant marché au long de sa vie.

## 62

Une semaine que je suis avec elle. Je dors dans le grenier de la maison qui fut celle de mon père. Le matin, nous partons à l'aube au nouveau cimetière. Nous avons achevé le creusement de notre tombe mais un usage s'est établi parmi les habitants de Vinadio : ceux qui ont terminé aident leurs voisins.

Au début, j'ai hésité à rester. Je n'avais pas fait tout ce chemin pour être le fossoyeur d'inconnus. Elle, elle ne s'est pas posé de question. Elle est allée vers une famille qui avait deux générations à enterrer dans un caveau voisin du nôtre. Elle a pris une pelle et sans un mot s'est mise au travail. Elle ne m'a pas demandé de rester.

Je suis descendu à mon tour dans le trou. Je sais à peine le nom de ceux pour qui je pioche. Je ne connais rien de leur histoire, de leurs liens de famille. Simplement qu'ils sont d'une lignée de potiers installés près de la fontaine, rue Lomellina. Ils sont taiseux et ça me va.

Les soirs, je retourne au mur. Je le connais bien à présent. J'ai repéré d'autres tronçons que mon père avait repris, des alignements parfaits à joints vifs. L'intelligence de sa main qui avait remis en place ce que le temps avait brouillé, m'a de nouveau atteint de plein fouet. J'ai repensé à ce qu'il avait dit sur les mots. J'ai devant les yeux la lettre qu'il ne m'a jamais écrite. Le texte qu'il n'a jamais envoyé aux Bois d'en Haut.

Les paupières closes, je laisse mes doigts courir sur les pierres. Se glisser dans les anfractuosités, au long des joints. Alors, je l'entends, je lui parle. Je reste celui qu'il n'a pas choisi et cela demeurera indélébile. Et cependant notre dialogue a repris.

Tout ce chemin pour en arriver là ?

Dans quelques jours va débuter le transfert des corps. Le prêtre, discret jusqu'à présent, sera sollicité. Tout d'abord, il va bénir chaque tombe nouvelle, faire de ce lieu une terre sanctifiée. La ville sera là, venue en procession de l'église. Bien sûr, tout le monde ne pourra pas assister à la messe pour les défunts. Mais la place est assez grande pour contenir la population. Il ne manquera personne. On portera les impotents. On placera les couffins à l'ombre des platanes et les femmes les éventeront.

Même ceux dont la maison est sur l'autre rive et qui resteront du côté français, viendront. Parmi eux, aucun n'a voulu que ses morts demeurent dans le vieux cimetière. L'église qu'ils fréquentent depuis des siècles est plus importante à leurs yeux qu'une ligne imaginaire tracée par des étrangers. Ces familles ont obtenu l'assurance de disposer de libertés pour prier et rendre visite à leurs défunts. Bastien de Saint-Hilaire et son homologue italien ont cédé sur cette question.

Commencera alors l'exhumation des corps. On ouvrira les caveaux. On sortira ce qui reste des cercueils. On creusera la terre meuble des tombes pauvres. On rassemblera les os. On les transportera dans des petites caisses de bois que les menuisiers de Vinadio préparent depuis des jours. J'appréhende ce moment. J'ai pensé partir, la laisser faire. Femme, elle connaît la vie comme la mort. Elle est celle qu'il avait choisie. C'est à elle de s'occuper de lui.

Eh bien oui, j'ai peur !

Un jour, au cimetière de Gentioux, nous étions venus porter des fleurs, maman et moi, sur la tombe d'un cousin récemment décédé. Non loin, le fossoyeur ouvrait un caveau. J'avais entrevu le cercueil mangé par l'humidité, une masse de bois pourri que l'homme avait toutes les peines à extraire du ventre de la terre. Je n'avais pas dix ans et cela m'avait impressionné. Je me souviens de la main de ma mère se plaquant sur ma tempe et détournant ma tête. Cette fois, je ne veux plus baisser les yeux.

Je crois que cette crainte nous l'avons tous, nous qui piochons, pelletons, creusons ensemble. Depuis quelques jours, nos gestes sont plus lents. Les coups de pic moins vifs. Le mouvement des bras et des reins pour lancer la terre, moins allant. Nous travaillons au ralenti. L'idée de déranger cette armée des morts apparaît soudain dans toute sa folie. Comment vont-ils réagir ? Le prêtre va-t-il trouver les mots pour leur expliquer que c'est par amour et fidélité que nous entamons cette transhumance ? Son pouvoir sera-t-il assez grand pour contenir leur colère d'être sortis de leur repos éternel ?

C'est à cela que pensent les habitants de Vinadio, soudain effrayés par leur audace. Je les vois aller vers le curé qui se fait rassurant. L'homme est de nouveau en position de force. Il assure que la messe qui précédera le déplacement sera si limpide d'intentions, jaillie du cœur et si forte, qu'elle montera directement au Ciel. C'est la queue à son confessionnal. Il entend des péchés vieux de plusieurs années. Il retrouve des secrets qu'il croyait ne plus exhumer. Au moment du danger, il rassemble ses ouailles. C'est un spectacle curieux que ces hommes et ces femmes qui soudain veulent vivre en chrétiens irréprochables.

Moi, ce n'est pas des morts dont je me soucie. Ce qui m'inquiète c'est de me pencher sur le sol et de retirer de la terre ce qui reste de lui. A mains nues le disposer dans une boîte qu'Emilia s'est déjà procurée. Une petite caisse de frêne tout juste rabotée, grande comme le cercueil d'un enfant. C'est de refermer cette boîte sur quelque chose qui n'a rien à voir avec l'homme que je connaissais et qui est pourtant encore cet homme. J'ai peur que ma mémoire ne se fige sur ce que je verrai alors de lui. Peur de remettre de l'humus sur ce désordre d'os.

Je la crois aussi troublée que moi. Mais c'est une femme. Elle a avec ces choses profondes une relation différente. Elle sait mieux que moi le temps, les contingences. La chair.

Elle sait l'intimité.

Est-ce en raison de cette atmosphère étrange ? Depuis que je dors dans la maison aux volets bleus, le regard accompagne chacune de mes nuits. Il se fait pressant, indiscret. Il essaie de me tirer d'un sommeil. Mais quel sommeil ?

Une fois, j'ai crié. Elle est montée dans la soupente avec cette précipitation qu'avait ma mère pour venir vers moi quand, enfant, je hurlais. Elle m'a trouvé en nage. Elle s'est assise sur mon lit, m'a pris la main, a essuyé mon front. Je lui ai dit ce qui se passait. Elle est la première personne à qui je confie l'existence du regard. Elle m'a écouté comme si elle comprenait. Mais il n'y a rien à comprendre ! Un rêve m'assaille.

C'est tout.

## 63

Toute la ville est là, sur la place. Ceux qui ont pu rentrer dans l'église sont plus près de l'autel, plus près de Dieu. Les autres écoutent. Les mots du prêtre, ils n'en perçoivent que l'écho. Mais les corps se touchent, se pressent. La parole court. L'émotion diffuse. Des enfants pleurent dans la foule. On a apporté des chaises pour les vieux.

Le soleil est arrêté au-dessus de Vinadio.

Des visages sont levés vers le plein cintre roman du portail. D'autres sont tournés vers le sol, les yeux clos. Les plus assidus à la messe ont reconnu « Donne la lumière », « Rassemble devant Dieu le peuple des vivants ». Et puis, le psaume responsorial. Ensuite, la voix du prêtre s'éteint. On n'entend plus rien. Et soudain, le fracas de l'acclamation de l'évangile. *Alleluia !* Jailli de la nef comme d'une gorge au palais de pierre.

Et le *Sanctus*. Puis « Rien ne sépare… ».

Emilia est dans les premiers rangs, parmi ceux qui se sont levés à l'aube et attendent depuis des heures au pied de l'autel. Ce matin, Camille l'a vue partir, le visage fermé, déjà dans la célébration. Ils ne se sont pas parlé. Il sait le poids de ses péchés. Devant lui, malgré toutes les absolutions, elle est aussi nue que devant le prêtre.

Camille traîne dans la maison aux volets bleus. Il hésite à sortir. Quand il se décide à rejoindre la multitude, il se retrouve tout au fond de la place. Cela lui convient. Il se veut davantage spectateur qu'acteur de la pièce qui se joue.

Il a beau être indifférent aux rituels, la ferveur de la foule l'atteint. Des dos voûtés devant le mystère de la célébration, monte une force dont il perçoit la vibration. Même s'il n'est pas prêt à se laisser emporter, la chair de poule s'est levée sur ses avant-bras. La tentation rôde de se donner à cette émotion collective. Il résiste. Il ne veut pas être entraîné dans ce gouffre de ferveur. Cette histoire de sépulture, il en fait une question personnelle. Un dernier compte à apurer entre son père et lui. Le prêtre ne lui volera pas ce tête-à-tête.

Lentement, un mouvement anime les corps pressés les uns contre les autres. Les rangs se desserrent et une croix apparaît au-dessus des crânes. Une lourde croix de chêne, assemblée par Carlo Camoletti le meilleur charpentier de Vinadio, dans un vieux bois sec qu'il conservait pour honorer ses plus belles commandes, bâtir ses plus beaux escaliers. La croix est portée par le maire dont la piété est connue de tous. Le prêtre suit. A sa traîne, les enfants de chœur.

Un grondement monte alors des poitrines.

« Hosanna au plus haut des cieux ! »

Repris par tous.

La procession se dirige vers les vieux remparts. Le chemin, comme une veine gonflée, peine à contenir la multitude. Des femmes sont au bord de l'évanouissement. Leurs hommes les soutiennent, les invitent à se reposer. Elles refusent avec de grands gestes indignés. Il en va de leurs enfants. Les morts sont les enfants des mères.

C'est un fleuve habillé de noir qui remonte la côte. A la maille serrée, aux remous lents et sombres. Des bras passent sous les bras pour supporter, pour partager. Les visages sont tordus par une attente. Des proches ne se reconnaissent plus. D'autres, qu'on croyait éloignés, paraissent familiers. Les liens de parentèle sont brouillés. Apparaissent, au plein du jour, des généalogies qui ne sont pas exactement celles qu'on croyait. Comme si les morts avaient déjà entrepris leur voyage.

Conduisant son troupeau, le curé marche derrière la croix de chêne. Il est le berger. Il ne pensait pas un jour, en se donnant à Dieu, vivre un moment de cette intensité. Certes, ce n'est qu'une rivière à faire traverser à un peuple d'ombres. Ce ne sont que des vivants à guider sur quelques centaines de mètres vers leurs morts. Mais ce déplacement porte en lui tant d'autres cheminements.

La foule s'est dispersée dans la pente. Chaque famille attend auprès de ce qui sera son caveau. Le prêtre va de tombe en tombe, l'eau bénite arrose le sol fraîchement retourné. Le signe de la croix sanctifie chaque arpent de terre.

Camille reste en lisière. Il aperçoit Emilia. Elle attend que le curé arrive à sa hauteur. Il reconnaît à peine sa silhouette tant elle paraît flétrie. Si Louis Mazier était là, il comprendrait le pouvoir de son théodolite.

Lorsque chaque fosse a été bénie, la croix est dressée au centre de convergence des allées. Des hommes s'affairent pour la sceller. Et bientôt elle domine le désordre et impose sa simplicité opérative.

Camille laisse défiler le cortège devant lui. Il attend Emilia. Il ne veut pas la laisser seule à ce moment. La peine de cette femme n'est plus seulement une blessure faite à lui-même. Il partage quelque chose d'intime avec elle. Elle a osé braver les commandements de son Dieu par amour pour un homme. Et cela, Camille le respecte. C'est une leçon qu'elle lui donne. A ses dépens, cruelle, mais une leçon quand même.

Et toujours, le visage d'Angela.

# 64

Ils y ont songé toute la nuit. Elle, au rez-de-chaussée. Lui, dans son grenier. Se tournant et se retournant dans leur lit. Ils ont écouté le torrent rouler ses eaux glacées, la chouette qui niche dans la remise de la maison voisine. Des chiens, au loin. Ils ont guetté les silences, senti le froid qui se glisse hors des berges et investit la ruelle à mesure que les heures filent. Ils veillent car ils se préparent. Comme tous les habitants de Vinadio, ils s'apprêtent à lever le voile, à éventrer la terre. Sortir les morts de leur sommeil.

Ils savent maintenant qu'ils vont achever ensemble ce qu'ils ont entrepris. Cette idée a fait son chemin. Le temps que durera l'exhumation, le passé ne comptera plus. C'est la dernière pelletée de terre recouvrant de nouveau le corps qui ponctuera leur histoire.

Il flotte entre eux une distance cotonneuse, presque de la timidité. Sur le point de partir, Emilia a sorti la boîte en frêne de l'ombre qui la dissimulait contre l'armoire. Elle l'a posée sur la table. Ils ont du mal à voir cette caisse comme un cercueil. Une fois là-dedans, la métamorphose sera achevée. Cette idée les trouble.

Camille la portera.

Au vieux cimetière, ils sont déjà des dizaines à ouvrir les caveaux. Sur les visages, il n'y a plus l'allégresse du temps où il s'agissait de creuser de nouvelles fosses. Le silence a repris ses droits. Le prêtre est là. Il encourage, soutient ceux qui faiblissent.

Camille commence à piocher. Doucement, à petits coups retenus pour ne pas blesser. Emilia est à côté et surveille. Avec une pelle à cendre, elle dépose la terre sur le côté. Ils sont attentifs. Muets. Leurs gestes s'accordent. Camille songe à sa mère. Pourra-t-il un jour lui dire ce qu'il accomplit là ?

Tout à coup, du blanc sur le noir de la terre. Le pic reste en suspens. Camille tombe à genoux. Il repousse des doigts la glèbe humide. Découvre le galbé d'un front. S'arrête. Tous les deux se regardent, cherchent chez l'autre la force de poursuivre. Les mains de la femme rejoignent celles du fils, plus précises, plus impérieuses. Les chassent sans les repousser, simplement parce qu'elles sont plus savantes. Elles évacuent cet humus qui n'a conservé que les os et digéré les chairs. S'immiscent dans les omoplates, glissent entre les côtes. Caressent le bassin. Camille s'est relevé.

Il va chercher la caisse. Elle n'a encore rien brouillé de l'ordre du squelette, rien profané. Elle se redresse et ils sont tous les deux saisis. Pour la première fois, ils sont tous les trois réunis. C'est davantage que la nudité, davantage que l'obscénité, ça les bouleverse. Elle a mal au ventre. Il peine à avaler sa salive. Un fils, une amante ne devraient pas se retrouver dans une telle situation. Leurs souvenirs explosent comme des bulles. Seront-ils capables de remettre de la chair et des vêtements, des paroles et des rires sur ce qu'ils voient ?

Camille sent alors des doigts se glisser dans sa main.

Il ne les chasse pas.

Il les recueille.

Il leur faut disposer les os dans la caisse. Fémurs, tibias, côtes, humérus, comme ça vient. Ils ne sont certains que d'une chose : le crâne, ils le placent dessus. C'est ainsi. Qu'importe le désordre ! Le seul qui soit révoltant, c'est la mort.

Il a apporté des pointes. Un père de famille lui prête un marteau. Il cloue le couvercle à petits coups secs. Le curé, qui est à leur côté, bénit la boîte. Camille n'y croyait pas mais ce geste l'apaise.

Camille porte le cercueil sur une carriole à bras. On dirait qu'il tient la bière où repose un enfant. Il se place entre les brancards. Autour d'eux les familles sont confrontées au même effroi contenu par la présence du prêtre et des voisins.

Ils ne regardent personne, traversent la rivière.

Se réfugient de l'autre côté.

La caisse trouve sa place dans la fosse bien trop grande. Emilia a apporté une rose trémière prise à la façade de sa maison et la dépose sur le couvercle. Elle balance les premières pelletées. Avant que le bois ne disparaisse, elle tend la pelle à Camille qui s'en saisit et poursuit l'ensevelissement. Elle le laisse faire et bientôt la fosse est comblée. Il enfonce à coups de masse la croix qui était fichée dans le vieux cimetière. Enfin, ils se recueillent. Ce n'est plus le souvenir d'un vivant qui les sépare. Ce sont des os rassemblés en vrac dans un caisson de bois blanc qui les réunissent.

## 65

Ils ont traîné dans le jardin. Elle lui a montré ses fleurs, le coin de potager derrière la maison. Les derniers rayons de soleil ont disparu et le froid qui tombe sur Vinadio, chaque soir avec brutalité, les a incités à rentrer. Ils vont et viennent dans l'unique pièce du rez-de-chaussée. S'assoient, se relèvent. Elle occupe ses mains à des riens, les abandonne. L'émotion a été trop forte aujourd'hui. Il leur faut des insignifiances pour reprendre le fil de la vie.

— Que dirais-tu d'une liqueur ?

Il acquiesce.

— C'est une recette de mon pays. Si un jour tu passes là-bas, tu penseras à moi.

Il dit oui. Il dirait oui à n'importe quoi.

Elle pose deux verres sur la table. Lui, cesse de tourner en rond et s'assoit. L'alcool est enivrant de parfums cueillis en montagne. Ils s'observent. Elle ferme les yeux. Une fraction de seconde, un masque d'imprécatrice glisse sur son visage. Mais cela ne dure pas. Assez cependant pour qu'il le remarque. Comme il a dû être heureux avec elle, songe-t-il.

— Il aimait ma liqueur. Un secret de famille que m'avait transmis ma mère. Du genièvre, des fleurs de mélèze… Je courais la montagne pour la lui préparer.

Elle est redevenue celle qu'il connaît. L'attention qu'elle lui porte le trouble. Son regard de femme lui fait reprendre contact avec son père. Le reste, le bleu des volets, les pierres sèches, les os blancs dans la terre sombre, ce ne sont que des signes morts. Mais ce visage qu'il a aimé, cette peau qu'il a caressée, ces lèvres qu'il a baisées, eux conservent témoignage de ce qu'il fut.

Camille s'en veut de penser ça.

— Tu vas partir ?

Dit sans changer de ton, comme ça. Le verre dans le creux de la main et les yeux au fond du verre. Parce que c'est trop brûlant pour l'exprimer autrement.

Il hoche la tête. Il voudrait ne pas avoir à user de mots pour répondre.

Ils en restent là.

Sur la petite table de couture, les plis d'un coupon de velours s'enfoncent dans la pénombre qui coule de la fenêtre. L'obscurité leur convient. Ils comptent sur elle pour miner leurs dernières défenses, faire tomber leurs redoutes. Ce qui leur reste encore à se dire ne supporterait pas le blanc du ciel.

— Tu peux encore rester si tu veux.

Son visage se ferme. Sous cet angle, il ressemble à son père quand elle l'a connu. Elle frémit, il ne s'en rend pas compte.

— Je dois rentrer chez moi.

Et tout de suite il entend ses propres mots. « Rentrer ». Comme un chien à la niche, comme on se met à l'abri.

Ce n'est pas cela qu'il voulait dire. Il voulait dire : « Je dois rapporter un papier à ma mère. Elle a besoin de ce document pour continuer à vivre. » Et tout à coup l'avenir d'Emilia lui paraît crépusculaire.

Elle détourne la tête. Elle sait bien qu'il a raison. Cela ne sert à rien que le reflet de l'homme qu'elle a aimé hante encore sa maison. C'est trop douloureux.

— Quand ?

Sa voix la dévoile. Il comprend qu'en partant, il l'abandonne. Il l'imagine, allant tous les jours dans le nouveau cimetière. Sa vie, rythmée par l'escalade du chemin partant des vieux remparts. Avec le temps, on élargira le sentier. On l'empierrera pour faciliter l'accès aux corbillards. Les habitants de Vinadio s'habitueront à cette ombre qui monte là-haut. Elle fera partie de ceux qu'on ne voit plus. Elle pensera à la petite caisse déchargée un jour de la carriole à bras et placée dans une fosse trop grande.

— Demain. Je partirai demain.

Ils sont au bord de quelque chose mais il ne sait pas quoi. Elle, c'est différent. Elle possède encore un silence dont elle est maîtresse. Cela fait toute la différence, il le pressent. Dans sa faiblesse, elle est encore toute-puissante.

— Il faut que je te dise…

Il l'attendait, cette phrase. Depuis le début, il l'attendait. N'a-t-il pas fait tout ce chemin pour l'entendre ?

— Tu t'es peut-être demandé pourquoi nous n'avions pas eu d'enfant, ton père et moi. Eh bien, nous en avons eu un.

Elle s'interrompt. Son chagrin est à fleur. Il le perçoit au grain de sa voix. Un torrent de pleurs court derrière le miroitement des yeux, entre ses lèvres pincées. Dans l'abandon tremblant de sa main posée sur une de ses pommettes.

— Cet enfant est mort à la naissance.

Elle reprend son souffle. Depuis combien d'années n'a-t-elle pas rouvert ce tombeau ?

— Nous étions à Lyon. Pas encore dans le meublé emporté par la crue. Rue Bourgchanin. A cause de l'accouchement, je n'ai jamais plus été enceinte. J'étais morte, tu comprends ?

Des larmes glissent sur ses joues de guerrière. Elle passe la paume pour les recueillir d'un mouvement simple plein de grandeur.

— Nous l'avons appelé Camilla. C'était une petite fille magnifique. C'est moi qui ai choisi son prénom car c'était celui de ma grand-mère maternelle. Je l'aimais beaucoup.

Camille pâlit.

— Pourquoi tu me dis ça ?

— Je pense que cela peut t'aider. Et m'aider aussi.

— C'était quand ?

— Ton père m'a dit que tu étais né une quinzaine de jours après Camilla. Et qu'il t'avait appelé Camille.

— Et toi ? Qu'est-ce que tu en as pensé ?

Elle hésite. Au fond, elle espérait qu'il la délivre en lui posant cette question.

— Moi, je pense qu'il a commis une faute. Vis-à-vis de toi, de ta mère, de Camilla. Et de moi. J'ai mis des années à ne plus penser que mon enfant vivait loin d'ici. Parfois, j'avais l'impression qu'on me l'avait enlevée…

Des années pour admettre que tu n'avais rien à voir, mis à part ton père, avec ma petite fille. Que tu étais bien vivant et qu'elle était morte.

— Il t'a dit que ma mère m'appelle Jean ?

— Oui. Et ça n'a fait que me donner raison.

— Qui je suis, alors ?

Elle est incapable de parler.

— Réponds-moi ! Qui je suis ?

— Je ne sais pas…

— Ta fille ?

— Non !

— Alors ?

— Tu es celui qui est venu jusqu'à moi malgré ta colère. Tu es celui qui a fait passer ton père sur l'autre rive. Celui qui lui a accordé la paix éternelle en le portant dans mon pays, moi qui suis à demi morte.

Elle s'interrompt, le regarde droit dans les yeux.

— Maintenant… Dis-moi comment tu veux que je t'appelle. Et je te nommerai.

# 66

Elle m'accompagne jusqu'au pont, sans franchir la rivière. Au bord du torrent, sur le point de nous quitter, nous ne savons que dire, que faire. C'est elle qui me prend dans ses bras d'un mouvement auquel on ne résiste pas. Elle me serre comme on presse contre soi un voyageur qui part pour ne jamais revenir.

Le soleil perce la brume qui flotte sur la rivière. Il est tôt et il n'y a encore personne dans les rues de Vinadio. Je me détache d'elle. Par-dessus les toitures de vieilles tuiles rondes, je lève une dernière fois les yeux vers la pente où repose mon père.

— Va, dit-elle.

Je ne me retourne pas. Et pourtant je sais qu'elle reste sur la berge jusqu'à ce que je disparaisse.

On ne se retourne pas quand on revient d'entre les morts.

## 67

Je n'assisterai pas au mariage de ma mère. Le jour des noces, je ne serai plus là. Elle sera seule. Gerbeau m'a promis d'être à son côté.

Ce que je veux conserver, c'est la joie de ma mère me découvrant dans la cour des Bois d'en Haut. La surprise qui a figé sa silhouette, ce soir de la Saint-Jean au cœur de l'été. Lorsque j'ai poussé la barrière, notre vieux chien est venu vers moi en ondulant de l'échine, sans aboyer. Se renversant sur le dos pour que je le caresse. Je me suis agenouillé.

C'est grâce au chien qu'elle a compris.

— C'est toi, Camille !

— Maman…

Elle s'est élancée dans mes bras et j'ai recueilli son corps menu, si léger. A cet instant, mes pensées sont allées vers Emilia, malgré moi. Vers mon père aussi, à Vinadio, quitté quinze jours plus tôt.

Tout en me tenant par les épaules, ma mère s'est écartée.

— Viens, dit-elle. Tu dois avoir faim.

J'ai mangé notre pain, notre fromage, j'ai bu l'eau du puits. Grignoté une poignée de cerises.

— J'ai quelque chose pour toi, ai-je dit.

J'ai fouillé dans mon sac et j'en ai ressorti le certificat de décès.

— Voilà, maman. Tu es libre…

Elle l'a pris d'une main peu assurée. Ses yeux ont parcouru le document qu'elle a reposé. Toute la joie de nos retrouvailles s'est alors vidée comme une poche pleine d'eau qu'on éventre.

— Que c'est triste, a-t-elle dit.

Elle a ajouté :

— Est-il au moins en terre consacrée ?

Nous sommes assis sur le banc de pierre adossé à la façade, sous la clématite mauve. Le chien rêve à mes pieds. Dans l'écurie, nos bêtes renâclent. Nous regardons au-delà de la barrière le pré qui dévale vers le chemin bordé d'un muret. Des senteurs de tilleul dérivent dans la nuit, de la mare montent les cris des grenouilles. Nous nous taisons. Peu à peu, le ciel s'allume d'étoiles. La voie lactée, qui paraît naître des cimes des vieux chênes têtards derrière le fournil, apparaît dans toute sa splendeur.

— Regarde, dit ma mère.

Un point brasille au pied de la voûte céleste.

— Le feu de joie d'Hiverneresse. Et là ! Sur la droite… Tu vois ? Celui de Gioux…

Le temps est venu de dire. Je me lance. Je remonte au secret originel : la double vie de mon père. Et tandis que j'en dévoile les arcanes, tout à coup je demande :

— Est-ce que tu savais ?

— Oui.

Nous restons au bord de cet aveu, ne sachant qu'en faire. Le triturant dans tous les sens, lui cherchant des significations. Alors, je vais plus loin. Là où elle ne peut s'être aventurée. Je lui parle de la fuite de mon père pendant la crue. De Vinadio. De sa mort accidentelle. Le reste, tout le reste, je le garde pour moi. Pour moi, Camilla, mon double, mon fantôme, qui a définitivement cessé de hanter mes nuits. Pour moi, mon père exilé pour toujours en Italie, en terre étrangère. Pour moi, Emilia.

Je me tais.

C'est à elle, à présent.

— Maintenant que j'ai le certificat, nous allons faire publier les bans. Victor veut que les choses se fassent le plus vite possible.

— Le plus discrètement aussi ?

— Non, au contraire. Mais moi je ne souhaite que les intimes pour la cérémonie. Lui espérait une grande fête…

— Je suis heureux pour toi, maman. Victor est un homme sûr.

Elle sourit et me saisit la main.

J'ai encore quelque chose à lui dire et ça ne peut être que ce premier soir. Sous ce ciel de nuit d'été qui nous prépare à la grande séparation. En fait, ma décision est prise depuis longtemps. Et ce que j'ai entrevu de la vie aux Bois d'en Haut et de ce qui m'attend sur les chantiers parisiens de l'entreprise Bussière m'a conforté dans l'idée que je n'ai plus ma place ici. Tout à coup, mon pays d'enfance me tient en disgrâce. Quelque chose s'est brisé. Peut-être le mensonge de mon père a-t-il tout empoisonné ici.

— Je vais repartir, maman.

Elle fait comme si elle n'avait pas entendu.

— Victor a des projets pour toi. Il veut te confier des responsabilités, t'inscrire aux Arts et Métiers. Tu hériteras de son entreprise, il me l'a dit. Tu sais, c'est un homme de parole. Et d'honneur. Il te connaît. Il a entendu parler de toi sur les chantiers à Lyon. Il sait…

— Tu l'as bien choisi, maman. Mais je n'irai pas sur les chantiers Bussière.

Ses doigts se crispent sur ma main. Le fantôme de mon père lui réapparaît.

— Tu as la bougeotte comme lui, dit-elle d'une voix triste.

— J'ai rencontré une jeune fille.

— Ah !

— Elle embarque le 22 septembre sur le paquebot *Guienne*, des Messageries Impériales. Avec ses parents.

— Pour aller où ?

— Elle rejoint ses frères qui sont installés à Chicago. En Amérique.

— En Amérique !

— Oui, maman.

Elle retire sa main.

— Et toi, tu vas aller en Amérique ?

— Oui, maman. Je vais m'embarquer avec elle, à Marseille. Sur le chemin du retour, j'ai acheté mon billet à Lyon. C'est décidé.

— C'est une grande traversée…

— Je n'ai pas peur.
— Comment s'appelle-t-elle ?

Nous restons silencieux au milieu des étoiles. Respirant d'un même souffle, pris dans le même silence. Ma mère vient de comprendre que son mariage sera célébré sous le signe de mon absence. Et moi, je songe à Angela. A sa joie incrédule lorsque au bout du quai de la Joliette elle m'apercevra et se jettera dans mes bras sous le regard noir de ses parents.

Couché à nos pieds, notre vieux chien s'est redressé. Les oreilles aux aguets, il se lève. Et lentement disparaît dans la nuit.

# Orientations bibliographiques

L'émigration saisonnière, dite « des maçons de la Creuse », a duré plusieurs siècles. Elle a façonné le destin de populations rurales vivant en Limousin, au sud du Berry et dans certains cantons d'Auvergne.

Depuis quelques années, des historiens travaillent sur ce mouvement migratoire complexe à l'intersection des univers paysan et ouvrier. Ainsi, il est impossible d'évoquer l'importance du limousinage vers Lyon sans se référer aux travaux de Jean-Luc de OCHANDIANO, en particulier à son livre *Lyon, un chantier limousin, les maçons migrants (1848-1940)*, aux éditions Lieux Dits.

Une association, « Les maçons de la Creuse » (2, petite-rue du Clocher, 23500 Felletin), œuvre à la conservation de cette mémoire et à l'approfondissement des connaissances historiques de ce phénomène. Son bulletin éponyme constitue une référence.

Lyon a été la ville d'une autre présence migratoire forte qui, par certains aspects, renvoie au limousinage : celle des Italiens. Toujours aux éditions Lieux Dits, Jean-Luc de OCHANDIANO a consacré à ces hommes et ces femmes venus de l'autre versant des Alpes un livre important : *Lyon à l'italienne*.

Stéphanie CONDON, *Les Courants migratoires italiens vers la Guillotière dans la première moitié du XXe siècle*, Bulletin du Centre Pierre-Léon d'histoire économique et sociale, vol. 1, complète utilement cette approche.

Pour ce qui concerne le tracé des frontières et l'impact sur la vie des populations, les publications suivantes m'ont été précieuses :

Marie-Noëlle DENIS, *L'Identité des peuples à la frontière. Un exemple en Alsace*, Revue des Sciences sociales ;

— *Tracés et bornage des frontières*, Géo-confluence, ENS Lyon ;

Laura DI FIORE, *Entre espace et territoire, la construction des frontières du Royaume des Deux-Siciles au XIXe siècle*, Histoire@Politique, 2016/3, n° 30 ;

François BÉGUIN, *Stratégies frontalières dans les Pyrénées à la fin de l'Ancien Régime*, Frontières et limites, Centre Georges Pompidou ;

Paul GUICHONNET, [compte rendu] *Le Cadastre sarde de 1730 en Savoie*, Etudes Rurales, 1982 ;

Sur le site Gallica BNF, *Livre de l'arpenteur-géomètre, guide pratique de l'arpentage et du lever des plans*, de MM. PLACE et FOUCAUD, A.L. Plagnerre, 1838 ;

Daniel BERTHEREAU m'a orienté vers la collection d'instruments topographiques du musée des Mines-Paris Tech ; Amélie DESSENS m'a donné des références bibliographiques précises disponibles à la bibliothèque des Mines-Paris Tech, 60, boulevard Saint-Michel, Paris ;

Les collections du musée des Arts et Métiers, 60, rue Réaumur, Paris ;
Les collections du musée du Génie d'Angers ;
Claude QUÉTEL, *Histoire des murs*, Perrin ;
Michel FOUCHER, *L'Obsession des frontières*, Perrin.

Pierre GENELETTI de la Société d'Histoire et d'Archéologie de Maurienne m'a indiqué de nombreuses références documentaires. Ainsi que Jean-Noël PARPILLON, président de la Société savoisienne d'Histoire et d'Archéologie.

Je remercie tous ces intercesseurs de savoir.

Remerciements

Je remercie Sophie Lajeunesse et Clarisse Enaudeau, ainsi que Jean-François Merle.

Merci à Cécile, mon épouse.

Composition et mise en pages
Nord Compo à Villeneuve-d'Ascq

Imprimé en France par

MAURY IMPRIMEUR
à Malesherbes (Loiret)
en mai 2021



POCKET - 92 avenue de France, 75013 PARIS

N° d'impression : 254583
S31796/01